同题散文经典

陈子善 蔡翔 ◎ 编

藤野先生
沈从文先生在西南联大

鲁迅 汪曾祺 等 ◎ 著

人民文学出版社

图书在版编目(CIP)数据

藤野先生 沈从文先生在西南联大 / 鲁迅等著；陈子善，蔡翔编.
—北京：人民文学出版社，2017(2024.10 重印)
（同题散文经典）
ISBN 978-7-02-012597-5

Ⅰ.①藤… Ⅱ.①鲁… ②陈… ③蔡… Ⅲ.①散文集
-中国-现代 Ⅳ.①I266

中国版本图书馆 CIP 数据核字(2017)第 068833 号

责任编辑：李 娜 张玉贞
封面设计：汪佳诗

出版发行 **人民文学出版社**
社　　址　**北京市朝内大街 166 号**
邮政编码　**100705**

印　　刷　**山东新华印务有限公司**
经　　销　**全国新华书店等**

开　　本　**890 毫米×1240 毫米　1/32**
印　　张　**7.75**
插　　页　**2**
字　　数　**170 千字**
版　　次　**2011 年 10 月北京第 1 版**
印　　次　**2024 年 10 月第 4 次印刷**

书　　号　**978-7-02-012597-5**
定　　价　**39.00 元**

如有印装质量问题，请与本社图书销售中心调换。电话：010 - 65233595

编辑例言

中国素来是散文大国,古之文章,已传唱千世。而至现代,散文再度勃兴,名篇佳作,亦不胜枚举。散文一体,论者尽有不同解释,但涉及风格之丰富多样,语言之精湛凝练,名家又皆首肯之。因此,在时下"图像时代"或曰"速食文化"的阅读气氛中,重读散文经典,便又有了感觉母语魅力的意义。

本着这样的心愿,我们对中国现当代的散文名篇进行了重新的分类编选。比如,春、夏、秋、冬,比如风、花、雪、月等等。这样的分类编选,可能会被时贤议为机械,但其好处却在于每册的内容相对集中,似乎也更方便一般读者的阅读。

这套丛书将分批编选出版,并冠之以不同名称。选文中一些现代作家的行文习惯和用词可能与当下的规范不一致,为尊重历史原貌,一律不予更动。考虑到丛书主要面向一般读者,选文不再注明出处。由于编选者识见有限,挂一漏万在所难免,因此,遗珠之憾也将存在。这些都只能在编选过程中逐步弥补,敬请读者诸君多多指教。

目录

悼蔡元培先生

◎顾颉刚

当本刊(《责善》——编者注)本期付印的时候，突然在报纸上见到蔡子民先生(元培)于二十九年三月五日在香港逝世的消息，给我们精神上一个很大的打击，不能不加进这一篇，促同学们的注意。

蔡先生的传将来自有人做，这里为材料所限也不能做，只就我所记得的几件事说一下。

蔡先生的一生在中国史上有重大关系的，有三个阶段：一是民国元年任教育总长，二是民国六年任北京大学校长，三是民国十八年任中央研究院院长。无论在教育上，还是在学术研究上，都是开风气、奠基础的工作。先生站在崇高的地位，怀着热烈的情感的真实的见解，指导青年向前走，可以说这二十九年的知识分子没有不受着他的影响的。

我是北大学生，在他没有当校长的时候已在那边了。那时的北大实在陈旧得很，一切保存着前清"大学堂"的形式。教员和学生，校长和教员，都不生什么关系。学生有钱的尽可天天逛妓院，打牌，听戏，校中虽有舍监也从不加干涉。学生有事和学校接洽，须写呈文，校长批了揭在牌上，仿佛一座衙门。蔡先生受任校长之后，立即出一布告，说："此后学生对校长应用公函，不得再用呈文。"这一下真使我们摸不着头脑，不知这位校长为什么要这样谦虚。稍后他又出版《北大日刊》，除了发表校中消息之外，又收登教员、学生的论文，于是渐渐有讨论驳难的文字出来，增高了学术研究的空气。学生对于学校改进有所建议时，他也就把这议案送登《日刊》，择其可行的立即督促职员实行。这样干去，学生对于学校就一点不觉得有隔膜，而向来喜欢对学生摆架子的职员也摆不成他的架子了。

北大学生本来毫无组织，蔡先生来后就把每班的班长招来，劝他们每一系成立一个学会。许多班长退下来踌躇道："这件事怎么办呢？"因为同学们实在太散漫了。但靠了蔡先生的敦促和指导，以及学校在经费上的帮助，许多会居然组织起来了。不但每系有会，而且书法研究会、画法研究会、音乐会、辩论会、武术会、静坐会……一个个成立起来。谁高兴组织什么会就组织什么会，谁有什么技艺就会被拉进什么技艺的会。平时一个人表现自己能力时很有出风头的嫌疑，可是到了这个时候，虽欲不出风头而不可得了。校中尽有消遣的地方，打牌听戏的兴致也就减少了许多。

一校之内，无论教职员、学生、仆役，都觉得很亲密的，很平等的。记得蔡先生每天出入校门，校警向他行礼，他也脱帽鞠躬，使得这班服小惯了的仆人看了吐出舌头来。

《北大日刊》的稿件拥挤了，他就添出《月刊》。《月刊》的发刊词是他自己做的。他说："《中庸》里说'万物并育而不相害，道并行而不相悖，此天地之所以为大也'，我们应当实践这句话。"那时正在洪宪帝制和张勋复辟之后，我们看他把帝制派的刘申叔先生（师培）请到国文系来教中古文学史，又把复辟派的辜鸿铭先生（汤生）请到英文系来教英国文学。刘先生的样子还不特别，辜先生却是大辫子，乌靴，腰带上眼镜袋啊、扇袋咧、鼻烟袋咧,历历落落地挂了许多,真觉得有点不顺眼。但想到《月刊》的发刊词,就知道他是有一番用意的,他不问人的政治意见,只问人的真实知识。哲学系的"经学通论"课,他既请今文家崔适担任,又请古文家陈汉章担任,由得他们堂上的话互相冲突,让学生两头听了相反的议论之后,自己去选择一条路。

国史馆自馆长王闿运死后,归并北大,蔡先生就兼任了馆长。为了编史,他请了许多专家,如张相文、屠寄、叶瀚等等,于是在大学中也添设了史学系,请这班先生兼一些课。国史馆中除了搜集民国史料之外,还编中国通史和分类史,定有很周密的计划。

那时国立大学只有这一个,许多人眼光里已觉得这是最高学府,不能再高了。但蔡先生还要在大学之上办研究所,请了许多专家来做研究导师,劝毕业生再入校做研究生,三四年级学生有志深造的亦得入所,常常开会讨论学问上的问题。这样一来,又使大学生们感觉到在课本之外还有需要自己研究的学问。清朝大学堂时代,图书馆中曾有许多词曲书,给监督刘廷琛看作淫词艳曲,有伤风化,一把火都烧了。到这时,蔡先生请了剧曲专家吴梅来做国文系教授,国文研究所中又大买起词曲书来。岂但搜罗词曲而已,连民间的歌谣也登报征集起来了,天天在《北大日刊》上选载一两首,绝不怕这些市井猥鄙的东西玷污了最高学府的尊严。那时我们都是二十余岁的青年,自以为思想是很新的了,哪知一看学校当局公布的文件,竟新得出乎我们的意想之外!

从前女子只能进女学堂,她们的最高学府是女子师范学校,从学是与她们无缘的。北大既经这般新,当下就有女学生妄觊非分，请求旁听。这使得校中办事人为难了，究竟答应不答应呢？蔡先生说："北大的章程上并没有说只收男生，不收女生的话，我们把她们收进来就是了。"于是就有胸挂北大徽章的女子出现在学校中，给男生一个强烈的刺激。到了暑假招生，有女子来报名应考，这一年录取了三个，校中始有正式的女生。学生订《日刊》是归号房办的。有一天我去取报，哪知已被同学强买了去，原来这天报上登着这三位女同学的姓名，大家要先睹为快呢。到现在，哪个大学不收女生，试到华西坝一看，女同学竟比男同学还多了。

北大一天天地发皇，学生一天天地活泼，真可以说进步像飞一般快，一座旧衙门经蔡先生一手改造竟成为新文化的中心。于是五四运动一试其锋，文化的风头掉转到政治，就像狂飙怒涛的不可抵御。那时北洋军阀和顽固学者恨蔡先生刺骨，必欲置之死地，徐树铮竟想架炮在景山顶上轰击北大。蔡先生在法国时留了长长的须，那时逼得没法，就剃了胡子逃回老家去。虽然风潮过后又请回来，毕竟做不长了，记得民国十二年彭允彝任教育总长时就很不客气地下了"北京大学校长蔡元培应免本职"的命令。十五年，国民革命军北伐，蔡先生在江浙预备响应，被革命目标五省联军总司令孙传芳下令通缉，他从浙江坐木船浮海逃到厦门。那时我在厦门大学任教，校中招待他，我也作陪。席上有人骂当时学生不守本分读书，专喜欢政治活动的，蔡先生就正色说道："只有青年有信仰，也只有青年不怕死，革命工作不让他们担任该什么人担任！"他这般疾言厉色，我还是第一次见呢。翌日，他应厦大浙江同乡会之招，报告浙江革命工作，说到工作不顺利处，他竟失声哭了。那时他已经六十岁，就在这般凄风苦雨之中度过了他的诞辰。

北伐胜利,他任了国民政府的几个要职。但他是生活简单惯了的人,听说他在法国时只穿工人的衣服,这时他虽任了监察院长,到他家里去还只看见客堂里沿墙放着四张靠背椅子,当中放着一张方桌,四个方凳,没有什么别的陈设。他的家在上海也只住在普通的"里"里,直到民国二十年后始迁入一所破旧的洋房。"八·一三"后,上海沦陷,他避居九龙,今天看到报上的唁电,依然是某某路某某号的"楼下二号"。

他是绍兴人,绍兴是出酒的地方,所以他从小就能喝酒。记得民国二十三四年间,他到北平,北大同仁在欧美同学会替他洗尘,一共五桌,差不多每人敬他一杯,他都喝干了。有人说:"蔡先生今天回来,看看他首创的北大,觉得高兴,所以多喝了些。"可怜这已是他最末一次到北大了!

蔡先生今年七十四岁,在他自己,辛苦了一生,已经到了该休息的时候,可是我们如何舍得他呢!他在法国巴黎大学、德国来比锡大学研究哲学、美学、人类学、文明史等等,虽然归国后为人事繁忙,自己没有写出多少东西(记得四五年前,他因为身体不好,辞去兼职和名誉职,报上说有七十个之多,可想见其忙),但他已把他所学的一起用到实际上来了。他希望人家发展个性,他鼓励人家自由思想,他唯恐别人不知天地之大,他又唯恐别人成见之深,他要人多看,多想,多讨论,多工作,使得社会一天比一天进步,人生一天比一天快乐。这一个他的中心主张,虽则他自己没有明白说出,但是知道他的人一定是感觉得到的。这就是他在中国史上最大的贡献,也是将来的青年们所永远不能忘记的人生指导。

1940 年

记梁任公先生的一次演讲

◎梁实秋

　　梁任公先生晚年不谈政治,专心学术。大约在一九二一年左右,清华学校请他作第一次的演讲,题目是"中国韵文里表现的情感"。我很幸运地有机会听到这一篇动人的演讲。那时候的青年学子,对梁任公先生怀着无限的敬仰,倒不是因为他是戊戌政变的主角,也不是因为他是云南起义的策划者,实在是因为他的学术文章对于青年确有启迪领导的作用。过去也有不少显宦,以及叱咤风云的人物,莅校讲话,但是他们没能留下深刻的印象。

　　任公先生的这一篇讲演稿,后来收在《饮冰室文集》里。他的讲演是预先写好的,整整齐齐地写在宽大的宣纸制的稿纸上面,他的书法很是秀丽,用浓墨写在宣纸上,十分美观。但是读他这篇文章和听他这篇讲演,那趣味相差很多,犹之乎读剧本与看戏之迥乎不同。

　　我记得清清楚楚,在一个风和日丽的下午,高等科楼上大教堂里坐满了听众,随后走进了一位短小精悍秃头顶宽下巴的人物,穿着肥大的长袍,步履稳健,风神潇洒,左右顾盼,光芒四射,这就是梁任公先生。

　　他走上讲台,打开他的讲稿,眼光向下面一扫,然后是他的极简短的开场白,一共只有两句,头一句是:"启超没有什么学问——，"眼睛向上一翻，轻轻点一下头，"可是也有一点喽!"这样谦逊同时又这样自负的话是很难得听到的。他的广东官话是很够标准的，距离国语甚远，但是他的声音沉着而有力，有时又是洪亮而激昂，所以我们还是能听懂他的每一字，我们甚至想如果他说标准国语其效果可能反要差一些。

我记得他开头讲一首古诗《箜篌引》：

> 公无渡河。
> 公竟渡河!
> 渡河而死，
> 其奈公何!

这四句十六字，经他一朗诵，再经他一解释，活画出一出悲剧，其中有起承转合，有情节，有背景，有人物，有情感。我在听先生这篇讲演后约二十余年，偶然获得机缘在茅津渡候船渡河。但见黄沙弥漫，黄流滚滚，景象苍茫，不禁哀从中来，顿时忆起先生讲的这首古诗。

先生博闻强记，在笔写的讲稿之外，随时引证许多作品，大部分他都能背诵得出。有时候，他背诵到酣畅处，忽然记不起下文，他便用手指敲打他的秃头，敲几下之后，记忆力便又畅通，成本大套地背诵下去了。他敲头的时候，我们屏息以待，他记起来的时候，我们也跟着他欢喜。

先生的讲演，到紧张处，便成为表演。他真是手之舞之足之蹈之，有时掩面，有时顿足，有时狂笑，有时叹息。听他讲到他最喜爱的《桃花扇》，讲到"高皇帝，在九天，不管……"那一段，他悲从中来，竟痛哭流涕而不能自已。他掏出手巾拭泪，听讲的人不知有几多也泪下沾巾了! 又听他讲杜氏讲到"剑外忽传收蓟北,初闻涕泪满衣裳……",先生又真是于涕泗交流之中张口大笑了。

这一篇讲演分三次讲完,每次讲过,先生大汗淋漓,状极愉快。听过这讲演的人,除了当时所受的感动之外,不少人从此对于中国文学发生了强烈的爱好。先生尝自谓"笔锋常带情感",其实先生在言谈讲演之中所带的情感不知要更强烈多少倍!

有学问,有文采,有热心肠的学者,求之当世能有几人?于是我想起了从前的一段经历,笔而记之。

关于太炎先生二三事

◎鲁迅

前一些时,上海的官绅为太炎先生开追悼会,赴会者不满百人,遂在寂寞中闭幕,于是有人慨叹,以为青年们对于本国的学者,竟不如对于外国的高尔基的热诚。这慨叹其实是不得当的。官绅集会,一向为小民所不敢到;况且高尔基是战斗的作家,太炎先生虽先前也以革命家现身,后来却是退居于宁静的学者,用自己所手造的和别人所帮造的墙,和时代隔绝了。纪念者自然有人,但也许将为大多数所忘却。

我以为先生的业绩,留在革命史上的,实在比在学术史上还要大。回忆三十余年之前,木板的《訄书》已经出版了,我读不断,当然也看不懂,恐怕那时的青年,这样的多得很。我知道中国有太炎先生,并非因为他的经学和小学,是为了他驳斥康有为和作邹容的《革命军》序,竟被监禁于上海的西牢。那时留学日本的浙籍学生,正办杂志《浙江潮》,其中即载有先生狱中所作诗,却并不难懂。这使我感动,也至今并没有忘记,现在抄两首在下面——

> 狱中赠邹容
>
> 邹容吾小弟,被发下瀛洲。
>
> 快剪刀除辫,干牛肉作糇。
>
> 英雄一入狱,天地亦悲秋。

临命须掺手，乾坤只两头。

狱中闻沈禹希见杀
不见沈生久，江湖知隐沦。
萧萧悲壮士，今在易京门。
螭魅羞争焰，文章总断魂。
中阴当待我，南北几新坟。

一九〇六年六月出狱，即日东渡，到了东京，不久就主持《民报》。我爱看这《民报》，但并非为了先生的文笔古奥，索解为难，或说佛法，谈“俱分进化”，是为了他和主张保皇的梁启超斗争，和“××”的×××斗争，和“以《红楼梦》为成佛之要道”的×××斗争，真是所向披靡，令人神往。前去听讲也在这时候，但又并非因为他是学者，却为了他是有学问的革命家，所以直到现在，先生的音容笑貌，还在目前，而所讲的《说文解字》，却一句也不记得了。

民国元年革命后，先生的所志已达，该可以大有作为了，然而还是不得志。这也是和高尔基的生受崇敬，死备哀荣，截然两样的。我以为两人遭遇的所以不同，其原因乃在高尔基行前的理想，后来都成为事实，他的一身，就是大众的一体，喜怒哀乐，无不相通；而先生则排满之志虽伸，但视为最紧要的“第一是用宗教发起信心，增进国民的道德；第二是用国粹激动种性，增进爱国的热肠”（见《民报》第六本），却仅止于高妙的幻想；不久而袁世凯又攘夺国柄，以遂私图，就更使先生失却实地，仅垂空文，至于今，唯我们的“中华民国”之称，尚系发源于先生的《中华民国解》（最先亦见《民报》），为巨大的纪念而已，然而知道这一重公案者，恐怕也已经不多了。既离民众，渐入颓唐，后来参与投壶，接收馈赠，遂每为论者所不满，但这也不过白圭之玷，并非晚节不终。考其生平，以大勋章做扇坠，临总统府之门，大诟袁世凯的包藏祸心者，并世无第二人；七被追捕，三入牢狱，而革命之志，终不屈挠者，并世亦无第二人。这才是先哲的精神，后生的楷范。近有文俭，勾结小报，竟也作文奚落先生以自鸣得意，真可谓"小人不欲成人之美"，而且"蚍蜉撼大树，可笑不自量"了！

但革命之后，先生亦渐为昭示后世计，自藏其锋芒。浙江所刻的《章氏丛书》，是出于手定的，大约以为驳难攻讦，至于忿詈，有违古之儒风，足以贻讥多士的罢，先前的见于期刊的斗争的文章，竟多被刊落，上文所引的诗两首，亦不见于《诗录》中。一九三三年刻《章氏丛书续编》于北平，所收不多，而更纯谨，且不取旧作，当然也无斗争之作，先生遂身衣学术的华衮，猝然成为儒宗，执贽愿为弟子者綦众，至于仓皇制《同门录》成册。近阅日报，有保护版权的广告，有三续丛书的记事，可见又将有遗著出版了，但补入先前战斗的文章与否，却无从知道。战斗的文章，乃是先生一生中最大最久的业绩，假使未备，我以为是应该一一辑录，校印，使先生和后生相印，活在战斗者的心中的。然而此时此际，恐怕也未必能如所望罢，呜呼！

1936 年 10 月 9 日

怀李叔同先生

◎丰子恺

距今二十九年前，我十七岁的时候，最初在杭州的浙江省立第一师范学校里见到李叔同先生，即后来的弘一法师。那时我是预科生，他是我们的音乐教师。我们上他的音乐课时，有一种特殊的感觉：严肃。摇过预备铃，我们走向音乐教室，推门进去，先吃一惊：李先生早已端坐在讲台上。以为先生总要迟到而嘴里随便唱着、喊着，或笑着、骂着而推门进去的同学，吃惊更是不小。他们的唱声、喊声、笑声、骂声以门槛为界限而忽然消灭。接着是低着头，红着脸，去端坐在自己的位子里。端坐在自己的位子里偷偷地仰起头来看看，看见李先生的高高的瘦削的上半身穿着整洁的黑布马褂，露出在讲桌上，宽广得可以走马的前额，细长的凤眼，隆正的鼻梁，形成威严的表情。扁平而阔的嘴唇两端常有深涡，显示和蔼的表情。这副相貌，用"温而厉"三个字来描写，大概差不多了。讲桌上放着点名簿、讲义，以及他的教课笔记簿、粉笔。钢琴衣解开着，琴盖开着，谱表摆着，琴头上又放着一只时表，闪闪的金光直射到我们的眼中。黑板(是上下两块可以推动的)上早已清楚地写好本课内所应写的东西(两块都写好，上块盖着下块，用下块时把上块推开)。在这样布置的讲台上，李先生端坐着。坐到上课铃响后(后来我们知道他这脾气，上音乐课必早到。故上课铃响时,同学早已到齐),他站起身来,深深地一鞠躬,课就开始了。这样上课,空气严肃得很。

有一个人上音乐课时不唱歌而看别的书,有一个人上音乐课时吐痰在地板上,以为李先生看不见的,其实他都知道。但他不立刻责备,等到下课后,他用很轻而严肃的声音郑重地说:"某某等一等出去。"于是这位某某同学只得站着。等到别的同学都出去了,他又用轻而严肃的声音向这某某同学和气地说:"下次上课时不要看别的书。"或者:"下次痰不要吐在地板上。"说过之后他微微一鞠躬,表示"你出去罢"。出来的人大都脸上发红。又有一次下音乐课,最后出去的人无心把门一拉,碰得太重,发出很大的声音,他走了数十步之后,李先生走出门来,满面和气地叫他转来。等他到了,李先生又叫他进教室来。进了教室,李先生用很轻而严肃的声音向他和气地说:"下次走出教室,轻轻地关门。"就对他一鞠躬,送他出门,自己轻轻地把门关了。最不易忘却的,是有一次上弹琴课的时候。我们是师范生,每人都要学弹琴,全校有五六十架风琴及两架钢琴。风琴每室两架,给学生练习用;钢琴一架放在唱歌教室里,一架放在弹琴教室里。上弹琴课时,十数人为一组,环立在琴旁,看李先生范奏。有一次正在范奏的时候,有一个同学放了一个屁,没有声音,却是很臭。钢琴及李先生和十数同学全部沉浸在亚莫尼亚气体中。同学大都掩鼻或发出讨厌的声音。李先生眉头一皱,管自弹琴(我想他一定屏息着)。弹到后来,亚莫尼亚气散光了,他的眉头方才舒展。教完以后,下课铃响了。李先生立起来一鞠躬,表示散课。散课以后,同学还未出门,李先生又郑重地宣告:"大家等一等去,还有一句话。"大家又肃立了。李先生又用很轻而严肃的声音和气地说："以后放屁，到门外去，不要放在室内。"接着又一鞠躬，表示叫我们出去。同学都忍着笑，一出门来，大家快跑，跑到远处去大笑一顿。

李先生用这样的态度来教我们音乐，因此我们上音乐课时，觉得比上其他一切课更严肃。同时对于音乐教师李叔同先生，比对其他教师更敬仰。那时的学校，首重的是所谓"英、国、算"，即英文、国文和算学。在别的学校里，这三门功课的教师最有权威；而在我们这师范学校里，音乐教师最有权威，因为他是李叔同先生的缘故。

李叔同先生为什么能有这种权威呢？不仅为了他学问好，不仅为了他音乐好，主要的还是为了他态度认真。李先生一生的最大特点是"认真"。他对于一件事，不做则已，要做就非做得彻底不可。

他出身于富裕之家，他的父亲是天津有名的银行家。他是第五位姨太太所生。他父亲生他时，年已七十二岁。他坠地后就遭父丧，又逢家庭之变，青年时就陪了他的生母南迁上海。在上海南洋公学读书奉母时，他是一个翩翩公子。当时上海文坛有著名的沪学会，李先生应沪学会征文，名字屡列第一。从此他就为沪上名人所器重，而交游日广，终以"才子"驰名于当时的上海。所以后来他母亲死了，他赴日本留学的时候，作一首《金缕曲》，词曰："披发佯狂走。莽中原暮鸦啼彻几株衰柳。破碎河山谁收拾，零落西风依旧。便惹得离人消瘦。行矣临流重太息，说相思刻骨双红豆。愁黯黯，浓于酒。漾情不断淞波留。恨年年絮飘萍泊，遮难回首。二十文章惊海内，毕竟空谈何有！听匣底苍龙狂吼。长夜西风眠不得，度群生那惜心肝剖。是祖国，忍孤负？"读这首词，可想见他当时豪气满胸,爱国热情炽盛。他出家时把过去时的照片统统送我,我曾在照片中看见过当时在上海的他:丝绒帽,正中缀一方白玉,曲襟背心,花缎袍子,后面挂着胖辫子,底下缀带扎脚管,双梁厚底鞋子,头抬得很高,英俊之气,流露于眉目间。真是当时上海一等一的翩翩公子。这是最初表示他的特性:凡事认真。他立意要做翩翩公子,就彻底地做一个翩翩公子。

　　后来他到日本,看见明治维新的文化,就渴慕西洋文明。他立刻放弃了翩翩公子的态度,改做一个留学生。他入东京美术学校,同时又入音乐学校。这些学校都是模仿西洋的,所教的都是西洋画和西洋音乐。李先生在南洋公学时英文学得很好;到了日本,就买了许多西洋文学书。他出家时曾送我一部残缺的原本《莎士比亚全集》,他对我说:"这书我从前细读过,有许多笔记在上面,虽然不全,也是纪念物。"由此可想见他在日本时,对于西洋艺术全面进攻,绘画、音乐、文学、戏剧都研究。后来他在日本创办春柳剧社,纠集留学同志,共演当时西洋著名的悲剧《茶花女》(小仲马著)。他自己把腰束小,扮作茶花女,粉墨登场。这照片,他出家时也送给我,一向归我保藏;直到抗战时为兵火所毁。现在我还记得这照片:卷发,白的上衣,白的长裙拖着地面,腰身小到一把,两手举起托着后头,头向右歪侧,眉峰紧蹙,眼波斜睐,正是茶花女自伤命薄的神情。另外还有许多演剧的照片,不可胜记。这春柳剧社后来迁回中国,李先生就脱出,由另一班人去办,便是中国最初的"话剧"社。由此可以想见,李先生在日本时,是彻头彻尾的一个留学生。我见过他当时的照片:高帽子、硬领、硬袖、燕尾服、史的克、尖头皮鞋,加之长身、高鼻,没有脚的眼镜夹有鼻梁上,竟活像一个西洋人。这是第二次表示他的特性:凡事认真。学一样，像一样。要做留学生，就彻底地做一个留学生。

他回国后，在上海太平洋报社当编辑。不久，就被南京高等师范请去教图画、音乐。后来又应杭州师范之聘，同时兼任两个学校的课，每月中半个月住南京，半个月住杭州。两校都请助教，他不在时由助教代课。我就是杭州师范的学生。这时候，李先生已由留学生变为"教师"。这一变，变得真彻底：漂亮的洋装不穿了，却换上灰色粗布袍子、黑布马褂、布底鞋子，金丝边眼镜也换了黑的钢丝边眼镜。他是一个修养很深的美术家，所以对于仪表很讲究。虽然布衣，却很称身整洁。他穿布衣，全无穷相，而另具一种朴素的美。你可想见，他是扮过茶花女的，身材生得非常窈窕。穿了布衣，仍是一个美男子。"淡妆浓抹总相宜"，这诗句原是描写西子的，但拿来形容我们的李先生的仪表，也很适用。今人侈谈"生活艺术化"，大都好奇立异，非艺术的。李先生的服装，才真可称为生活的艺术化。他一时代的服装，表出这一时代的思想与生活。各时代的思想与生活判然不同，各时代的服装也判然不同。布衣布鞋的李先生，与洋装时代的李先生、曲襟背心时代的李先生，判若三人。这是第三次表示他的特性：认真。

我二年级时，图画归李先生教。他教我们木炭石膏模型写生。同学一向描惯临画，起初无从着手。四十余人中，竟没有一个人描得像样的。后来他范画给我们看，画毕把范画揭在黑板上。同学们大都看着黑板临摹，只有我和少数同学，依他的方法从石膏模型写生。我对于写生，从这时候开始发生兴味。我到此时，恍然大悟：那些粉本原是别人看了实物而写生出来的。我们也应该直接从实物写生入手，何必临摹他人，依样画葫芦呢？于是我的画进步起来。此后李先生与我接近的机会更多。因为我常去请他教画，又教日本文。以后的李先生的生活，我所知道的较为详细。他本来常读性理的书，后来忽然信了道教，案头常常放着道藏。那时我还是一个毛头青年，谈不到宗教。李先生除绘事外，并不对我谈道。但我发现他的生活日渐收敛起来，仿佛一个人就要动身赴远方时的模样。他常把自己不用的东西送给我。他的朋友日本画家大野隆德、河合新藏、三宅克已等到西湖来写生时，他带了我去请他们吃一次饭，以后就把这些日本人交给我，叫我引导他们（我当时已能讲普通应酬的日本话）。他自己就关起房门来研究道学。有一天，他决定入大慈山去断食，我有课事，不能陪去，由校工闻玉陪去。数日之后，我去望他。见他躺在床上，面容消瘦，但精神很好，对我讲话，同平时差不多。他断食共十七日，由闻玉扶起来，摄一个影，影片上端由闻玉题字："李息翁先生断食后之像，侍子闻玉题。"这照片后来制成明信片分送朋友。像的下面用铅字排印着："某年月日，入大慈山断食十七日，身心灵化，欢乐康强——欣欣道人记。"李先生这时候已由"教师"一变而为"道人"了。学道就断食十七日，也是他凡事"认真"的表示。

　　但他学道的时间很短。断食以后，不久他就学佛。他自己对我说，他的学佛是受马一浮先生指示的。出家前数日，他同我到西湖玉泉去看一位程中和先生。这程先生原来是当军人的，现在退伍，住在玉泉，正想出家为僧。李先生同他谈了很久。此后不久，我陪大野隆德到玉泉去投宿，看见一个和尚坐着，正是这位程先生。我想称他"程先生"，觉得不合，想称他法师，又不知道他的法名（后来知道是弘伞），一时周章得很。我回去对李先生讲了,李先生告诉我,他不久也要出家为僧,就做弘伞的师弟。我愕然不知所对。过了几天,他果然辞职,要去出家。出家的前晚,他叫我和同学叶天瑞、李增庸三人到他的房间里,把房间里所有的东西送给我们三人。第二天,我们三人送他到虎跑。我们回来分得了他的"遗产",再去望他时,他已光着头皮,穿着僧衣,俨然一位清癯的法师了。我从此改口,称他为"法师"。法师的僧腊二十四年。这二十四年中,我颠沛流离,他一贯到底,而且修行功夫愈进愈深。当初修净土宗,后来又修律宗。律宗是讲究戒律的,一举一动,都有规律,严肃认真之极。这是佛门中最难修的一宗。数百年来,传统断绝,直到弘一法师方才复兴,所以佛门中称他为"重兴南山律宗第十一代祖师"。他的生活非常认真。举一例说:有一次我寄一卷宣纸去,请弘一法师写佛号。宣纸多了些,他就来信问我,余多的宣纸如何处置?又有一次,我寄回件邮票去,多了几分。他把多的几分寄还我。以后我寄纸或邮票,就预先声明:余多的送与法师。有一次他到我家,我请他藤椅子里坐,他把藤椅子轻轻摇动,然后慢慢地坐下去。起先我不敢问,后来看他每次都如此,我就启问。法师回答我说:"这椅子里头,两根藤之间,也许有小虫伏着。突然坐下去,要把它们压死,所以先摇动一下,慢慢地坐下去,好让它们走避。"读者听到这话,也许要笑,但这正是做人极度认真的表示。

如上所述,弘一法师由翩翩公子一变而为留学生,又变而为教师,三变而为道人,四变而为和尚。每做一种人,都做得十分像样。好比全能的优伶:起青衣像个青衣,起老生像个老生,起大面又像个大面……都是认真的缘故。

现在弘一法师在福建泉州圆寂了。噩耗传到贵州遵义的时候，我正在束装，将迁居重庆。我发愿到重庆后替法师画像一百帧，分送各地信善，刻石供养。现在画像已经如愿了。我和李先生在世间的师弟尘缘已经结束，然而他的遗训——认真——永远铭刻在我心头。

1943 年 4 月，弘一法师圆寂后一百六十七日，作于四川五通桥客寓

回忆辜鸿铭先生

◎罗家伦

　　在清末民初一位以外国文字名满海内外，而又以怪诞见称的，那便是辜鸿铭先生了。辜先生号汤生，福建人，因为家属侨居海外，所以他很小就到英国去读书，在一个著名的中学毕业，受过很严格的英国文学训练。这种学校对于拉丁文、希腊文，以及英国古典文学，都很认真而彻底地教授。这乃是英国当时的传统。毕业以后，他考进"伯明翰大学"学工程（有人误以为他在大学学的是文学，那是错的）。

　　回国以后，他的工程知识竟然没有发挥的余地。当时张之洞做两湖总督，请他做英文文案。张之洞当年提倡工业建设，办理汉冶萍煤铁等工程，以"中学为体，西学为用"相号召，为好谈时务之人。他幕府里也有外国顾问，大概不是高明的外国人士，辜先生不曾把他们放在眼里。有一天，一个外国顾问为起草文件，来向辜先生请问一个英文字用法。辜默然不语，走到书架上抱了一本又大又重的英文字典，砰的一声丢在那外国顾问的桌上说："你自己去查去！"这件小故事是蔡孑民先生告诉我的，这可以看出辜先生牢骚抑郁和看不起庸俗外国顾问的情形。

　　民国四年，我在上海"愚园"游玩，看见"愚园"走廊的壁上嵌了几块石头，刻着拉丁文的诗，说是辜鸿铭先生作的。我虽然看不懂，可是心里有种佩服的情绪，认为中国人会作拉丁文的诗，大概是一件了不得的事。后来我到北京大学读书，蔡先生站在学术的立场上网罗了许多很奇怪的人物。辜先生虽然是老复辟派的人物，因为他外国文学的特长，也被聘在北大讲授英国文学。因此我接连上了三年辜先生主讲的"英国诗"这门课程。我记得第一天他老先生拖了一条大辫子，是用红丝线夹在头发里辫起来的，戴了一顶红帽结黑缎子平顶的瓜皮帽，大摇大摆地上汉花园北大文学院的红楼，颇是一景。到了教室之后，他首先对学生宣告："我有三章约法，你们受得了的就来上我的课，受不了的就趁早退出：第一章，我进来的时候你们要站起来，上完课要我先出去你们才能出去；第二章，我问你们话和你们问我话时都得站起来；第三章，我指定你们要背的书，你们都要背，背不出不能坐下。"我们全班的同学都认为第一第二都容易办到，第三却有点困难，可是大家都慑于辜先生的大名，也就不敢提出异议了。

三年之间，我们课堂里有趣的故事多极了。我曾开玩笑地告诉同学们说："有没有人想要立刻出名，若要出名，只要在辜先生上楼梯时，把他那条大辫子剪掉，那明天中外报纸一定都会竞相刊载。"当然，这个名并没有人敢出的。辜先生对我们讲英国诗的时候，有时候对我们说"我今天教你们外国大雅"，有时候说"我今天教你们外国小雅"，有时候说"我今天教你们外国国风"。有一天，他异想天开地说："我今天教你们洋离骚。"这"洋离骚"是什么呢？原来是密尔顿(John Milton)的一首长诗(Lycidas)。为什么"Lycidas"会变"洋离骚"呢？这大概因为此诗是密尔顿吊他一位在爱尔兰海附近淹死的亡友而写成的。

在辜先生的班上，我前后背熟过几十首英文长短的诗篇。在那时候叫我背书倒不是难事，最难的是翻译。他要我们翻什么呢？要我们翻千字文，把"天地玄黄，宇宙洪荒"翻成英文，这个真比孙悟空戴紧箍咒还要痛苦。我们翻过以后，他自己再翻，他翻的文字我早已记不清了，我现在想来，那一定也是很牵强的。还有一天把他自己的一首英文诗要我们翻成中文，当然我们班上有几种译文，最后他把自己的译文写出来了，这个译文是："上马复上马，同我伙伴儿，男儿重意气，从此赴戎机，剑柄执在手，别泪不沾衣，寄语越溪女，喁喁复何为！"英文可能是很好，但译文并不很高明，因为辜先生的中国文学是他回国以后再用功研究的，虽然也有相当的造诣，却不自然。这也同他在黑板上写中国字一样，他写中国字常常会缺一笔多一笔而他自己毫不觉得。

　　我们在教室里对辜先生是很尊重的，可是有一次，我把他气坏了。这是正当"五四运动"的时候，辜先生在一个日本人办的《华北正报》(North China Standard)里写了一篇文章，大骂学生运动，说我们这班学生是暴徒，是野蛮人。我看报之后受不住了，把这张报纸带进教室，质问辜先生道："辜先生，你从前著的《春秋大义》(The Spirit of Chinese People)我们读了都很佩服，你既然讲春秋大义，你就应该知道春秋的主张是'内中国而外夷狄'的，你现在在夷狄的报纸上发表文章骂我们中国学生，是何道理？"这一下把辜先生气得脸色发青，他很大的眼睛凸出来了，一两分钟说不出话，最后站起来拿手敲着讲台说道："我当年连袁世凯都不怕，我还怕你？"这个故事，现在想起来还觉得很有趣味。辜先生有一次谈到在袁世凯时代他不得已担任了袁世凯为准备帝制而设立的参政院的议员

（辜先生虽是帝制派，但他主张的帝制是清朝的帝制，不是袁世凯的帝制）。有一天他从会场上出来，收到三百银元的出席费，他立刻拿了这大包现款到八大胡同去逛窑子。北平当时妓院的规矩，是唱名使妓女鱼贯而过，任狎妓者挑选其所看上的。辜先生到每个妓院点一次名，每个妓女给一块大洋，到三百块大洋花完了，乃哈哈大笑，扬长而去。

当时在他们旧式社会里，逛妓院与娶姨太太并不认为是不正当的事，所以辜先生还有一个日本籍的姨太太。他是公开主张多妻主义的，他一个最出名的笑话就是："人家家里只有一个茶壶配上几个茶杯，哪有一个茶杯配上几个茶壶的道理？"这个譬喻早已传诵一时；但其本质却是一种诡辩。不料以后还有因此而连带发生一个引申的譬喻。陆小曼同徐志摩结婚以后，她怕徐志摩再同别人谈恋爱，所以对志摩说："志摩！你不能拿辜先生茶壶的譬喻来做借口，你要知道，你不是我的茶壶，乃是我的牙刷，茶壶可以公开用的，牙刷不能公开用的！"作文和说理用譬喻在逻辑上是犯大忌的，因为譬喻常常用性质不同的事物作比，并在这里面隐藏着许多遁词。

辜先生英文写作的特长，就是作深刻的讽刺。我在国外时，看见一本英文杂志里有他的一篇文章，所采的体裁是欧洲中世纪基督教常用的问答传习体（Catechism）。其中有几条我至今还记得很清楚，如："什么是天堂？天堂是在上海静安寺路最舒适的洋房里！谁是傻瓜？傻瓜是任何外国人在上海不能发财的！什么是侮辱上帝？侮辱上帝是说赫德（Sir Robert Hart）总税务司为中国定下的海关制度并非至美至善。"诸如此类的问题有二三十个，用字和造句的深刻和巧妙，真是可以令人拍案叫绝。大约是在一九二〇年美国《纽约时报》的星期杂志上有一篇辜先生的论文,占满第一页全面。中间插入一个辜先生的漫画像,穿着清朝的顶戴朝服,后面拖了一根大辫子。这篇文章的题目是"没有文化的美国"(The Uncivilized United States)。他批评美国文学的时候说美国除了 Edgar Allan Poe 所著的"Annabelle Les"之外,没有一首好诗。诸如此类的议论很多,可是美国这个权威的大报,却有这种幽默感把他的全文登出。美国人倒是有种雅量,欢喜人家骂他,愈骂得痛快,他愈觉得舒服,只要你骂的技术够巧妙。像英国的王尔德、萧伯纳都是用这一套方法得到美国人的崇拜。在庚子八国联军的时候,辜先生曾用拉丁文在欧洲发表一篇替中国说话的文章,使欧洲人士大为惊奇。善于运用中国的观点来批评西洋的社会和文化,能够搔着人家的痒处,这是辜先生能够得到西洋文艺界赞美佩服的一个理由。

无疑义的,辜先生是一个有天才的文学家,常常自己觉得怀才不遇,所以搞到恃才傲物。他因为生长在华侨社会之中,而华侨常饱受着外国人的歧视,所以他对外国人自不免取嬉笑怒骂的态度以发泄此种不平之气。他又生在中国混乱的社会里,更不免愤世嫉俗。他走到旧复辟派这条路上去,亦是不免故意好奇立异,表示与众不同。他曾经在教室里对我们说过:"现在中国只有两个好人,一个是蔡元培先生,一个是我,因为蔡先生点了翰林之后不肯做官就去革命,到现在还是革命。我呢?自从跟张文襄(之洞)做了清朝的官以后,到现在还是保皇。"这可能亦是他自己的"解嘲"和"答客难"吧!

哭鲁迅先生

◎孙伏园

像散沙一般，正要团结起来；像瘫病一样，将要恢复过来；全民族被外力压迫得刚想振作，而我们的思想界和精神界的勇猛奋进的大将忽然撒手去了。

鲁迅先生去世的消息，我于一天半以后才在定县得到。十月廿日的下午三点钟，我被零碎事情缠得还没有看当天的北平报，多承堵述初兄跑来告我这样一个惊人的消息。从此一直到夜晚，我就没有做一点工作，心头想的，口头说的，无非鲁迅先生。我没有哭。我本来不敏感，后来学镇定，最后却因受的刺激多了，自然就成了麻木。但我觉得这一回我所受的刺激是近几年来少有的。

我回忆到廿五年以前去了。

我最初认识鲁迅是在绍兴的初级师范学堂。那一年是宣统三年，我十八岁，在绍兴初级师范学堂上学。浙江光复以后，绍兴军政府发表师范学堂的堂长是原来绍兴府学堂学监周豫才(树人)先生，就是日后的鲁迅先生。鲁迅先生到校和全校学生相见的那一天，穿一件灰色棉袍，头上却戴一顶陆军帽。这陆军帽的来历，以后我一直也没有机会问鲁迅先生，现在推想起来，大概是仙台医学专门学校的制服罢。鲁迅先生的谈话简明有力，内容现在自然记不得了，但那时学生欢迎新校长的态度，完全和欢迎新国家的态度一样，那种热烈的情绪在我回忆中还是清清楚楚的。

我是一个不大会和教师接近的人：一则我不用功，所以不需要请教；二则我颇厌倦于家庭中的恭顺有礼的生活，所以不大愿意去见师长。我和鲁迅先生的熟识却是因为职务，我那时正做着级长，常常得见学校的当局。记得一件奔走次数最多的事是学生轰走了英文教员，鲁迅先生的态度以为学生既要自己挑选教员，那么他便不再聘请了。我于是乎向校长和同学两方面奔走解释。那时鲁迅先生说："我有一个兄弟，刚刚从立教大学毕业回来，本来也可以请他教的；但学生的态度如此，我也不愿意提这个话了。"这指的便是周启明先生。同学听到这个消息以后，非要我努力请到这位校长的兄弟继任英文教员不可，但是我稚弱的言辞始终没有打动校长的坚决，英文讲席到底虚悬，只是年考时居然喜出望外地来了周启明先生给我们出题并监试。

鲁迅先生有时候也自己代课，代国文教员改文。学生们因为思想上多少得了鲁迅先生的启示，文字也自然开展起来。大概是目的在于增加青年们的勇气吧，我们常常得到夸奖的批语。我自己有一回竟在恭贺南京政府成立并改用阳历一类题目的文字后得到"嬉笑怒骂皆成文章"八个字。直到现在廿五年了，我对这八个字还惭愧，觉得没有能达到鲁迅先生期望。

鲁迅先生不久辞了校长。后来知道鲁迅先生交代的时候，学校里只剩了一毛多钱；也从旁处听见军政府如何欠付学款，及鲁迅先生如何辛苦撑持。那时候一切都混乱，青年们发现了革命党里也有坏人，给予简单的头脑一个不期待的打击。

对于旧势力抬头，这却是一个极好的机会。继任鲁迅先生做校长的，正如继任孙中山先生做总统的；这个对比，全国各地，无论上下，都极普遍。欠付学款的军政府，因为种种措施不妥，后来成了全绍兴攻击的目标，旧势力找到革命党的罅隙，乘机竭力地挣扎出来。青年们一般都陷入苦闷，我也不再进那个学校。

鲁迅先生跟着南京政府搬到北京，他的苦闷也许比一般青年更甚，只要看他在创作《狂人日记》以前几年，住在绍兴会馆抄古碑的生活就可以知道。不过外面虽然现着异常孤冷，鲁迅先生的内心生活是始终热烈的，仿佛地球一般，外面是地壳，内面是熔岩。这熔岩是一切伟大事业的源泉，有自发的力，有自发的光，有自发的热，绝不计较什么毁誉。例如金陵佛经流通处捐资刻《百喻经》，又如刊行《会稽郡故书杂集》，这样不含丝毫名利观念地提倡文化事业，甚至一切事业，在鲁迅先生的一生中到处可以看得出来。

凡是和鲁迅先生商量什么事情，需要他一些助力的，他无不热烈真诚地给你助力。他的同情总是在弱者一面，他的助力自然更是用在弱者一面。即如他为晨报副刊写文字，就完全出于他要帮助一个青年学生的我，使我能把报办好，把学术空气提倡起来。我个人受他的精神的物质的鼓励，真是数也数不尽。当我初学写作的时候，鲁迅先生总是鼓励着说："如果不会创作，可以先翻译一点别国的作品；如果不会写纯文艺的东西，可以先写一点小品札记之类。"许多人都是受到鲁迅先生这种鼓励得到成功的，我也用了鲁迅先生这话鼓励过比我更年轻的人。只是我自己太愚鲁，也太不用功，所以变成了例外。

至于为人处世，他帮助我的地方更多了。鲁迅先生因为太热烈，太真诚，一生碰过多少次壁。这种碰壁的经验，发而为文章，自然全在这许多作品里；发而为口头的议论，则我自觉非常幸运，听到的乃至受用的，比任何经籍给我的还多。我是一个什么事情也不会动手的，身体又薄弱，经不起辛苦，鲁迅先生教我种种保卫锻炼的方法。现在想起来真是罪无可逭：我们一同旅行的时候，如到陕西，到厦门，到广州，我的铺盖常常是鲁迅先生替我打的。耶稣尝为门徒洗脚，我总要记起这个故事。

　　在陕西讲学，一个月时间得酬三百元。我们有三个人不到一个月便走了，鲁迅先生和我商量：只要够旅费，我们应该把陕西人的钱在陕西用掉。后来打听得易俗社的戏曲学校和戏园经费困难，我们便捐了一点钱给易俗社。还有一位先生对于艺术没有多少兴趣，那自然听便。西北大学的工友们招呼得很周到，鲁迅先生主张多给钱。还有一位先生说："工友既不是我们的父亲，又不是我们的儿子；我们下一趟不知什么时候才来；我以为多给钱没有意义。"鲁迅先生当时堵着嘴不说话，后来和我说："我顶不赞成他的'下一趟不知什么时候才来'说，他要少给让他少给好了，我还是照原议多给。"

　　鲁迅先生居家生活非常简单，衣食住几乎全是学生时代的生活。他虽然做官十几年，教书十几年，对于一般人往往无法避免的无聊娱乐，如赌博，如旧戏，如妓院，他从未沾染丝毫。教育部的同人都知道他是怪人，而且知道所谓怪者无非书生本色，所以大家尊敬他。他平常只穿旧布衣，像一个普通大学生。西服的裤子总是单的，就是在北平的大冷天，鲁迅先生也永远穿着这样的单裤。

一天我听周老太太说，鲁迅先生的裤子还是三十年前留学时代的，已经补过多少回，她实在看不过去了，所以叫周太太做了一条棉裤，等鲁迅先生上衙门的时候，偷偷地放在他的床上，希望他不留神能换上，万不料竟被他扔出来了。老太太认为我的话有时还能邀老师的信任，所以让我劝劝他。

鲁迅先生给我的答话却是不平庸的："一个独身的生活，绝不能常往安逸方面着想的。岂但我不穿棉裤而已，你看我的棉裤，也是多少年没有换的老棉花，我不愿意换。你再看我的铺板，我从来不愿意换藤绷或棕绷，我也从来不愿意换厚褥子。生活太安逸了，工作就被生活所累了。"这是的确的，鲁迅先生的房中只有床铺、网篮、衣箱、书案这几样东西。万一什么时候要出走，他只要把铺盖一卷，网篮或衣箱任取一样，就是登程的旅客了，他永远在奋斗的途中，从来不梦想什么较为安适的生活。他虽然处在家庭中，过的生活却完全是一个独身者。

鲁迅先生的北平寓所是他自己经管的。有一位教育部的同事李老先生最帮忙，在房屋将要完工的时候，我同鲁迅先生去看，李老先生还在那儿监工，他对我客气到使我觉察他太有礼貌了。我非常局促不安。鲁迅先生对他说："李先生不要太客气了，他还是我的学生。"李老先生的态度这才自然得多了。鲁迅先生自己待朋友，和朋友待他，大抵是如此义侠的。他把友敌分得非常清楚，他常常注意到某人是 Spy，某人是 Traitor，一个没干过革命工作的或只是寻常知识社会或商业社会的人是不大会了解的，他们只了解酒食征逐的或点头招手的相好。而鲁迅先生的朋友大抵是古道热肠的。他后来同我说："你看李先生这种人真是好朋友，帮我那么多日子的忙，连茶水都不喝我一口的。"

李先生替鲁迅先生的北房之后接出一间房子去,用玻璃窗,近乎书室,作为鲁迅先生的写作场所。鲁迅先生和我便到这间房子中坐下。鲁迅先生说:"我将来便住在这个老虎尾巴里。"因为这间房子是在全房屋的后面拖出一条去,颇像老虎之有尾巴;一直到鲁迅先生离开北平,一切写作及起居,都在这老虎尾巴之中。老虎尾巴的北面还有后园,自然是因为老虎尾巴而缩小多了。散文诗《秋夜》的开头便说:"在我的后园,可以看见墙外有两株树,一株是枣树,还有一株也是枣树。"这似乎便是鲁迅先生坐在老虎尾巴中的创作的第一篇。

到厦门,到广州,我和鲁迅先生都在一起。鲁迅先生到一处新地方,都是青年心理,抱一腔很大的希望。厦门风景的阔大旷野,可做的工作之多,初到时给予我们的印象实在深刻。后来固然因为广东方面的不能推却,只有离开厦门到广东去,但是厦门的许多人事,我后来听鲁迅先生说,那真是初去时所不及料的。

广东给人的希望更多了。但是结果也和厦门一样。鲁迅先生后几年多用时间于写作,关于厦门和广州,都有详书的记载;我却被武汉、欧洲、定县,这三段不同的生活所隔,有时翻阅鲁迅先生记载华南景物的文字,竟有如同隔世之感了。只是鲁迅先生从广州北返上海时,和我将要从上海动身赴欧洲时,这中间我们有许多次谈话的印象至今还是深刻的。我从欧洲回国,以后便长期住在华北的农村里,曾有三四次经过上海,总是匆促得很。周乔峰先生在商务印书馆,访问比较方便,有时也正值鲁迅先生的住址不能公开,我于是只求乔峰先生代为问好,屈指一算,违教已经八年了。

十月廿日下午三点钟的消息，勾起我廿五年来的回忆。这回忆，用了廿五年的时间，清清楚楚地写在我的生活上，我无论如何没有法子再用笔墨翻译成文字的了。能翻译的也许只是最不精彩的一部分。

廿一日我到北平，廿二日往谒周老太太。鲁迅先生的客厅里原来挂着陶元庆先生所作的木炭画像，似乎略移到了居中一点；即在这画像前供了一张书案，上有清茶烟卷文具；等我和三弟春苔都凄然地致了敬礼，周太太陪我们到上房见老太太，先看见鲁迅先生的工作室"老虎尾巴"依旧，只是从此不会再有它的主人骑在上面，做鞭策全民族往前猛进的伟业了。

周老太太自然不免悲戚，但是鲁迅先生的伟大，很看得出大部分是秉承老太太的遗传的，只是老太太比鲁迅先生更温和、慈祥、旷达些。"论寿，五十六岁也不算短了；只是我的寿太长了些；譬如我去年死了，今年不是什么也不知道了么？"听老太太这话，很像是读鲁迅先生的文章，内含的哲理和外形的笔法都是相像的。老太太今年才八十，这样的谈风实在是期颐的寿征。只是周太太的凄楚神情，不禁也令我们动感。

"绝望之为虚妄，正与希望相同。"对于鲁迅先生躯体的生存，我们是已经绝望的；但我们诵鲁迅先生的这句遗教，知道绝望也是虚妄的，那么我们还是转到希望一面，也许希望比绝望少虚妄一些，我们希望鲁迅先生的思想精神永远领导我们勇猛奋进罢。

听胡适之先生讲课

◎顾学颉

　　胡适(一八九一——一九六二)是著名的文学家,哲学家,白话文的开拓者,驰名中外,无须我多讲。五十年前我有幸先后听过他讲演和几次讲课,印象较深,这里仅记他讲课时一两件趣事。

　　大约是一九三一年或一九三二年(据其他资料,胡在一九三一年十月曾到过武汉),我正在湖北省立高中念书。一天,学校贴出通知,叫我们到大礼堂听讲演。原来是湖北省主席何成濬和教育厅长黄建中邀请并陪同大名鼎鼎的胡适和湖北籍的地质科学家李四光到校参观并讲演。

　　黄建中致欢迎词后,即请两位客人讲话。他们彼此推让。李四光说,我是湖北人,也算主人,当然请客人先讲。胡适不便再推辞了,便从容不迫地站起来,一副潇洒儒雅的神态,已慑服了全堂一千多人。

　　他主要讲了古人的两句成语:"流水不腐,户枢不蠹。"他说,这两句话是合乎科学的。为什么"流水"才"不腐","户枢"才"不蠹"? 我们今天应该用科学的眼光,科学的方法去分析、研究,得出一个科学的结论,而不要盲目地信从古人,或怀疑古人,读书应有这种精神。

　　最后,他说:我当着李四光先生这位科学家讲科学,有点像在孔夫子门前卖四书一样,好了,现在就请孔夫子(手指着李四光)来给诸位讲科学吧!——引起全场哄笑。

过了几年,又在正式讲课的场所,听到他更精彩、更有趣的讲话。

一九三五年秋季,我正在北平师范大学国文系念书。

那时,师大国文系所设课程,包括几种不同性质的系列,即:纯文学类的,语言文字类的,学术思想类的;另有教育类的几门必修课。各系列都有必修和选修课,后者由学生自由选读。学术思想系列的课程为:周至唐思想(包括诸子、汉唐经学),宋元明思想(包括佛学、理学),清代学术思想等。宋元明思想一课,由文学院长黎锦熙担任,他主要讲陆王派哲学。另请北大的胡适讲佛学中的禅宗(当时他正在研究楞伽宗),清华的冯友兰讲程朱学派。(当时北平的几所大学中的名教授,大多互相在各校讲学,如杨树达、陈垣、邓之诚、钱穆、萧一山、孙人和及钱玄同、黎锦熙等都曾在师大及各校教课。这对学术交流,互通风气,是有积极作用的。)

胡适第一次开讲时,由校长李蒸和黎锦熙院长陪同一起到挤满了听众的大讲堂。介绍后,胡适说:李蒸校长、黎院长锦熙先生本来只约我讲一次的,今天,他们非要我多讲几次,把禅宗讲完不可。唉!今天我受了他们的重利盘剥!——一句话,引起全堂大笑,活跃起来,打破了严肃沉静的空气。接着,他说:黎锦熙先生要我为诸位讲禅宗,我先讲一个故事。

一位老裁缝,积了一点钱,送他的儿子到伦敦上大学。一次,儿子来信,他不识字,只好请隔壁一位杀猪的屠户(屠夫)代他看信。屠户也识字不多,把信纸翻来覆去看了看,对他说:你儿子说,上次寄去的钱已花光了,请你务必赶快再寄二十镑去。裁缝问:还说了什么? 屠户说:什么也没有了! 裁缝回到家中,越想越生气。心想:我凭十个指头每天辛辛苦苦为人家缝制衣服,省吃节用,好不容易积下一点钱供他上大学,他竟然不知好歹,下命令似的要我赶快寄二十英镑,连一句问候平安的话都没有! 真是白养活他了! 不寄,看他怎样!

正在生闷气的时候,一位牧师来请他做衣服,问他为什么生气。他详细讲了情况。牧师说:让我看看。

牧师从头至尾看了一遍,对裁缝说:你的儿子写得很好么! 我讲给你听。信上说:爸爸,您近来身体好吗? 您每天辛苦地干活,省吃俭用,很不容易赚一点钱,大部分都寄给我了,我心里很不安。只能特别用功,学好了,将来好好报答您。近来又选修了一门新课,需要买几本必需的参考书籍。另外,下月的膳食费也要支付了。因此,想请您设法寄点钱来,如果寄十镑来,我很感谢;如果是二十镑,就更感激不尽了!

裁缝有点不相信,问:真是这样写的吗? 牧师说:我哪能骗你! 你想,几页纸,只写钱花完了,快寄二十镑几个字么? 裁缝一想,对呀! 他一高兴,当天就给儿子寄去二十镑。

胡适接着说,同是一封信,两个人的说法不同就产生两种不同的效果。我今天来给诸位讲禅宗,就好比那位屠户看信一样;最好,还是请黎锦熙先生来当牧师,给你们再讲一遍吧! ——全堂大笑。

后来,讲五停心观以治贪心,讲到"不净观"时,他说:当你看见一位非常漂亮年轻貌美的小姐,她的头发、眉毛、鼻子、眼睛……一举一动,无一处不吸引着你的注意力,让你神魂飘荡,真像张生见了崔莺莺,如醉如痴。

可是,有了禅宗修养的人,他竟丝毫不为所动。是什么秘诀呢？——其中一种，叫作"不净观"。就是他身不净、自身不净。比如说，那位漂亮小姐，从现在看，的确很美丽动人；但从她的过去和将来看，就会让你心灰意冷，不再"贪心"去爱她了。……就说她的将来吧，二十、三十，还很漂亮，到了四十、五十，身体发胖，不那么窈窕了。六十、七十，满脸皱纹，头发变黄变白，走路蹒跚，穿不了高跟鞋，成了名副其实的老太婆。然后，八十、九十，可能不到那时已经死了，就更糟糕了。装进棺材，埋在地下，渐渐尸首腐烂，蛆虫满身钻动，最后只剩下一架枯骨，一切都完了。——想到这些，纵然"如花美眷"，还有什么可爱呢？

这时，坐在前排的女同学中，已有些不安和忧郁的表现。胡先生已察觉到这种情况，便以诙谐的口吻，来转变这种沉闷的不安的气氛。他劝告她们说：这几位漂亮小姐们，请你们不要担心，没有男士会相信那些和尚们的浑话的。不信，下课后，就会照旧收到你的男朋友寄来的粉红色的求爱信笺。放心吧，小姐们。——几句话，又让全场听众大笑不止。

半个多世纪过去了，但胡先生的诙谐有趣而不伤大雅的讲话，在我脑子里仍然记忆犹新。他在留学美国时期，曾多次在演讲会上获奖，可见他确有口才。本文所记，不过其中点滴而已。

1991 年 10 月于北京

知堂先生

◎废名

　　林语堂先生来信问我可否写一篇《知堂先生》刊在《今人志》，我是一则以喜，一则以惧。喜者这个题目于我是亲切的，惧则正是陶渊明所云："惧或乖谬，有亏大雅君子之德，所以战战兢兢，若履薄冰云尔。"我想我写了可以当面向知堂先生请教，斯又一乐也。这是数日以前的事，一直未能下笔。前天往古槐书屋看平伯，我们谈了好些话，所谈差不多都是对于知堂先生的向往，事后我一想，油然一喜，我同平伯意见完全是一致的，话似乎都说得有意思，我很可惜回来没有把那些谈话都记录下来，那或者比着意写一篇文章要来得中意一点也未可知。我们的归结是这么一句，知堂先生是一个唯物论者，知堂先生是一个躬行君子。我们从知堂先生可以学得一些道理，日常生活之间我们却学不到他的那个艺术的态度。平伯以一个思索的神气说道："中国历史上曾有像他这样气分的人没有？"我们两人都回答不了。"渐近自然"四个字大约能形容知堂先生，然而这里一点神秘没有，他好像拿了一本《自然教科书》做参考。中国的圣经贤传，自古以及如今，都是以治国平天下为己任的，这以外大约没有别的事情可做；唯女子与小孩的问题，又烦恼了不少的风雅之士；我常常从知堂先生的一声不响之中，不知不觉地想起这许多事，简直有点惶恐，我们很容易陷入流俗而不自知，我们与野蛮的距离有时很难说，而知堂先生之修身齐家，直是以自然为怀，虽欲赞叹而之不可得也。偶然读到《人间世》所载《苦茶庵小文》题魏慰农先生家书后有云，"为父或祖者尽瘁以教养子孙而不责其返极，但冀其历代益以聪强耳，此自然之道，亦人道之至也"。在这个祖宗罪业深重的国家，此知者之言，亦仁者之言也。

我们常不免是抒情的，知堂先生总是合礼，这个态度在以前我尚不懂得。十年以来，他写给我辈的信札，从未有一句教训的调子，未有一句情热的话，后来将今日偶然所保存者再拿起来一看，字里行间，温良恭俭，我是一旦豁然贯通之，其乐等于所学也。在事过境迁之后，私人信札有如此耐观者，此非先生之大德乎。我常记得当初在《新月杂志》读了他的《志摩纪念》一文，欢喜慨叹，此文篇末有云，"我只能写可有可无的文章，而纪念亡友又不是可以用这种文章来敷衍的，而纪念刊的收稿期又迫切了，不得已还只得写，结果还只能写出一篇可有可无的文章，这使我不得不重又叹息"。无意间流露出来的这一句叹息之声，其所表现的人生之情与礼，在我直是读了一篇寿世的文章。他同死者生平的交谊不是抒情的，而生死之前，至情乃为尽礼。知堂先生待人接物，同他平常作文的习惯，一样地令我感兴趣，他作文向来不打稿子，一遍写起来了，看一看有错字没有，便不再看，算是完卷，因为据他说起稿便不免重抄，重抄便觉得多无是处，想修改也修改不好，不如一遍写起倒也罢了。他对于自己是这样宽容，对于自己外的一切都是这样宽容，但这其间的威仪呢，恐怕一点也叫人感觉不到，反而感觉到他的谦虚。然而文章毕竟是天下之事，中国现代的散文，待开始以迄现在，据好些人的闲谈，知堂先生是最能耐读的了。

那天平伯曾说到"感觉"二字，大约如"冷暖自知"之感觉，因为知堂先生的心情与行事都有一个中庸之妙，这到底从哪里来的呢？平伯仍踌躇着说道："他大约是感觉？"我想这个意思是的，知堂先生的德行，与其说是伦理的，不如说是生物的，有如鸟类之羽毛，鹄不日浴而白，乌不日黔而黑，黑也白也，都是美的，都是卫生的。然而自然无知，人类则自作聪明，人生之健全而同乎自然，非善知识者而能之与。平伯的话令我记起两件事来，第一我记起七八年前在《语丝》上读到知堂先生的《两个鬼》这一篇文章，当时我尚不甚了然，稍后乃领会其意义，他在这篇文章的开头说：

> 在我们的心头住着 DuDaimone，可以说是两个——鬼。我踌躇着说鬼，因为他们并不是人死所化的鬼，也不是宗教上的魔，善神与恶神，善天使与恶天使。他们或者应该说是一种神，但这似乎太尊严一点了，所以还是委屈他们一点称之曰鬼。

> 这两个是什么呢？其一是绅士鬼，其二是流氓鬼。据王学的朋友们说人是有什么良知的，教士说有灵魂，维持公理的学者也说凭着良心，但我觉得似乎都没有这些，有的只是那两个鬼，在那里指挥我的一切的言行。这是一种双头政治，而两个执政还是意见不甚协和的，我却像一个钟摆在这中间摇着。有时候流氓占了优势，我便跟了他去彷徨，什么大街小巷的一切隐秘无不知悉，酗酒、斗殴、辱骂，都不是做不来的，我简直可以成为一个精神上的"破脚骨"。但是在我将真正撒野，如流氓之"开天堂"等的时候，绅士大抵就出来高叫："带住，着即带住！"

说也奇怪，流氓平时不怕绅士，到得他将要撒野，一听绅士的吆喝，不知怎的立刻一溜烟地走了。可是他并不走远，只在弄头弄尾探望，他看绅士领了我走，学习对淑女们的谈吐与仪容，渐渐地由说漂亮话而近于摆臭架子，于是他又赶出来大骂云云……

这样的说法，比起古今的道德观念来，实在是一点规矩也没有，却也未必不最近乎事理，是平伯所说的感觉，亦是时人所病的"趣味"二字也。

再记起去年我偶尔在一个电影场上看电影，系中国影片，名叫《城市之夜》，一个码头工人的女儿为得要孝顺父亲而去做舞女，我坐在电影场上，看来看去，悟到古今一切的艺术，无论高能的低能的，总而言之都是道德的，因此也就是宣传的，由中国旧戏的脸谱以至于欧洲近代所谓不道德的诗文，人生舞台上原来都是负担着道德之意识。当下我很有点闷窒，大有呼吸新鲜空气之必要。这个新鲜空气，大约就是科学的。于是我想来想去，仿佛自己回答自己，这样的艺术，一直未存在。佛家经典所提出的"业"，很可以做我的理想的艺术的对象，然而他们的说法仍是诗而不是小说，是宣传的而不是记载的，所以是道德的而不是科学的。我原是自己一时糊涂的思想，后来同知堂先生闲谈，他不知道我先有一个成见，听了我的话，他不完全地说道："科学其实也很道德。"我听了这句话，自己的心事都丢开了，仿佛这一句平易的话说的是知堂先生的道境，他说话的神气真是一点也不费力，令人可亲了。

1934 年 7 月

敬悼佩弦先生

◎吴组缃

　　近年来心情常在焦躁沉郁之中，做人也不知不觉地格外简淡起来。因为无善可陈，话也不知道从哪里说起，许多的师和友，久已音书断绝。虽然心里总是怀念着他们。

　　还是抗战胜利的那年夏天，和朱先生在成都匆匆见了一面，这以后信也没写过一封。恐怕我现在在哪里他都未必知道。八月十二日报载朱先生胃病又发，正在医院里行手术，我就觉得不很好。因为我知道他"拖"着十二指肠溃疡的病在身已经多年了，若不是到了严重地步，是不会进医院去开刀的。果然，第二天报上就传来他的死讯了，说行过手术之后转成肾脏炎，因为体力太弱，终于不救。

　　朱先生的死，细想起来真是所谓"势所必至"：以他那样认真不苟的人，处在这样的时世和境况，拖上了这样的病，不能休息，不能医治，只是听天由命地拖着，那结果早就可以预料的。看到报上所传的噩耗，当时只悲慨地说："唉，他才只五十一岁啊！"但心里实在没有感到多大的震惊。

　　叫我大大震惊了的，倒是在成都的那次会面。那时朱太太带着小孩住在成都，朱先生趁着暑假从昆明回来。我路过成都，从叶圣陶先生那里打听到他们的住处，特意去看他们。那地方可不容易找，是在望江楼附近名叫报恩寺的一座小尼庵的院落里。他们住着几间没有地板的小瓦屋，简陋，但很整洁。我先看见一位小弟弟，紧凑的个儿，清秀的苹果脸，穿着黑洋布褂裤，在小巷寮檐下阴处一张小竹凳上坐着，聚精会神地看书。看这小弟弟的形貌神态，简直是个具体而微的当年的朱先生。我走了许多冤枉路，找得满身汗，这一下知道找对了。但等到朱先生从屋里走了出来，霎时间我可愣住了。他忽然变得那等憔悴和萎弱，皮肤苍白松弛，眼睛也失了光彩，穿着白色的西裤和衬衫，格外显出了瘦削劳倦之态。十一年没见面，又逢着这艰苦的抗战时期，变，是谁也要变的，但朱先生怎样变成这样了啊！我没有料到，骤然吃了一惊，心下不禁沉甸甸的。

朱先生一手拿着书，一手握着笔，穿得衣履整饬，想必正在房里用功；看见我，很高兴，慌乱地拖着椅子，让我到房里坐。一会儿工夫，又来了六七位男男女女的客人，他们都喊他"朱大哥"，坐满了屋子，大声地说笑着。朱先生各方面应酬着，作古正经，一点不肯懈怠。我在那些客人前面，是个生人，于是他还不时"张罗"我参加谈话，像他做文章，不肯疏忽了一笔。但我看到他多么疲乏，他的眼睛可怜地眨动着，黑珠作晦暗色，白珠黄黝黝的，眼角的红肉球球凸露了出来；他在凳上正襟危坐着，一言一动都使人觉得他很吃力。客人散了之后，朱先生和朱太太留我吃午饭。朱先生吃得很少，说吃多了就发胃病，而且只能吃面食。

我知道他患了胃病，是余冠英兄的信上告诉的。我也患过严重的胃痉挛病，属于神经性的，痛起来面无人色，话也说不出，满床乱滚。但一不痛，就食欲亢进；吃了东西，又是痛。后来承阳翰笙先生介绍，服了一瓶鹿茸精，掉了两颗大牙，病却从此没发了。当时我曾主观地设想朱先生的胃病和我的相同，把病状和治法写信告诉了他。他回信说："我也要试试看。"又一次的信说："我的胃病时好时坏，难在有恒的小心。但以后得努力，不然日子久了，拖坏了身体，到了不大能工作的地步，那就糟了。"但以后的信上就没再提过胃病。我还当他慢慢好了。这次见面，才知道他患的是十二指肠溃疡，不但没有好，而且已经把人拖成了这样。

吃过饭，他废了午睡，同我谈到两三点钟，叫我多多"囤积"生活经验，将来写些出来；又谈他自己研究和写作的计划。而后一路出街，同去看了几个人，参加几处聚会。吃完晚饭散席不久，就大雨滂沱，我料他那天老远地赶回家一定淋得浑身透湿。

"这个病，目前我没办法，只好不要去管它。"这是当时他轻描淡写地说的一句话，到现在还清清楚楚留在我耳里。他好像对他的病满不在乎。但显然的，他原先信上说的"有恒的小心"和"以后得努力"的话，这次不再提起，而且根本抛开不顾了。我明白他那句轻松的话里的沉重意味，当时什么话也没说。

还在小学时，我就在新杂志上读过朱先生的诗文。俞平伯、朱自清，那是当时齐名的两位新诗人。民国十八年我进清华，知道朱先生任此间中国文学系主任。当时我们青年学生持一种奇怪的信条，以为求学当拿一科作为太太，另外一科作为爱人。我是把文学当作爱人的，因为我从小喜欢它；进的却是经济系。入校后最初半年，虽同在一个园子里，我没有和朱先生识过面，也没有想到去拜访他。这年冬季，一天刚忙完大考，和同学到大礼堂门前晒太阳。

慢慢地台阶上一层层挤了近百的人。有些喜欢胡闹的，每见面前路上有人走来，大家就齐声对他喊"一二一，左右左"，此时那人的脚步即无法抵御，不自禁合上节拍，走成练兵操的步伐，对着这人多势众，唯有窘得狼狈而逃。正在这样笑闹着，大路上来了一位矮矮的个儿，脸色丰腴红润，挟了大叠书在手，踅着短而快的步子，头也不抬地匆匆走了过来。同学们照例向他喊起"一二一"。最初他还不在意，仍是一本正经地走着。但随即他就理会到了，一时急得不知所措，慌张地摘一摘呢帽子向台阶上连连点着头，满面通红地逃开了。这人很年轻，看去比我们大不了多少。我还当他是高班的同学。但是他走过之后，有些同学耸耸肩头，顽皮地伸舌头了。其中一位告诉我，这就是朱自清先生。

到第二年，我受了余冠英同学的怂恿，决定和"爱人"结婚，正式转入中国文学系。我到图书馆下面系办公室去找朱先生办手续。他仔仔细细看我的成绩单，看了很久，说："可以，我准许你。"于是拿起钢笔签了字。他座位的前后左右书架上都是一沓沓横摆着的书，多半是新书，很少线装的。他的案头也摊着好几本。面前有篇正写着的稿子，娟秀的小字，涂改得乱七八糟。他的矮小的个儿埋在座位里，精神很饱满，态度极庄严，但面孔发红，透着点忙乱神气，一点不老成。我想，大约这就是他的友人们所说的"永远的旅人的颜色"罢。

直到我离开学校，我记得一共选了朱先生三门课。一门是"诗选"，用《古诗源》做教本：实在没有什么可讲解的，但很花我们时间。我们得一首首背诵，上了班不时要默写。此外还得拟作，"拟曹子建名都篇"，"拟西洲曲"，还和同班合作"拟柏梁体"。朱先生改得可仔细，一字未惬，他也不肯放过。有一句好的，他也要打双圈。常常使我们拿到本子，觉得对他不起，因为我们老是不免有点鬼混。另外两门，一是"歌谣"，一是"新文学研究"。给我印象较深的是"新文学研究"。发的讲义有大纲，有参考书目，厚厚的一大沓。我们每星期得交一次读书报告。这种报告上若有什么可取的意见，发还的时候，他就告诉你说："你这段话，我摘抄了下来，请你允许我。"他讲课也真卖劲。我现在想到朱先生讲书，就看见他一手拿着讲稿，一手拿着块叠起的白手帕，一面讲，一面看讲稿，一面用手帕擦鼻子上的汗珠。他的神色总是不很镇定，面上总是泛着红。他讲的大多援引别人的意见，或是详细地叙述一个新作家的思想与风格。他极少说他自己的意见；偶尔说及，也是嗫嗫嚅嚅的，显得要再三斟酌词句，唯恐说溜了一个字。但说不上几句，他就好像觉得已经越出了范围，极不妥当，赶快打住。于是连连用他那叠起的白手帕抹汗珠。

有一天同学发现他的讲演里漏了他自己的作品，因而提出质问。他就面红耳赤，非常慌张而且不好意思。半晌，他才镇静了自己，说："这恐怕很不重要，我们没有时间来讲到，而且也很难讲。"有些同学不肯罢休，坚持要他讲一讲。他看让不掉，就想了想，端庄严肃地说："写的都是些个人的情绪，大半是的。早年的作品，又多是无愁之愁；没有愁，偏要愁，那是活该。就让他自个儿愁去罢。"就是这几句，我所录的大致没错。

他所讲的，若发现有错误，下次上班必严重地提出更正，说："对不起，请原谅我。请你们翻出笔记本改一改。"但往往他所要更正的，我们并未记下来。因为在我们看来，那实在不重要；举个例说罢，他所讲的作家，照例要介绍几句籍贯和生平。一回，讲到刚出的小说作家张天翼，他介绍说："这是位很受人注意的新作家,听说是浙江人,住在杭州……"第二次他更正道:"请原谅我,我上次说张天翼是浙江人,恐怕错了。有人说他是江苏人。还弄不清楚,你们暂时空着罢。"后来我到了南京,恰好认识了天翼,知道,他原籍湖南,父母住浙江,姊姊嫁江苏,他自己两省都长住过,还能说一口地道的湘乡话。我赶快写信告诉了朱先生,朱先生回信谢谢我。

在校数年,我很少单独去访朱先生。他总是那么庄敬不苟,又爱脸红,对我们学生也过于客气。比如说,他称呼我,总是"吴先生",总是"您",听着实在有点使人发窘和不安(直到成都那次会面,他才叫我"组缃")。是后来余冠英兄接了家眷来,住在北院朱先生寓处隔壁的房子里,我常常到冠英兄家去谈天打桥牌,有时顶头碰着朱先生;我到他房里坐过几次。那时朱先生新结婚。朱先生对太太说话,也是非常客气,满口"请您"、"请您"的,真所谓"相敬如宾"。那所房子我们取名"四个斋",因为朱太太名竹隐,余太太名竹因,二竹已是四个"个"字,而朱余两夫妇又是四个人,他们合住着那所房子。在这"四个斋"里和朱先生的谈话,我现在记得几则。

一次是谈茅盾先生的《子夜》。那时《子夜》刚出版,朱先生推崇备至,说取材、思想和气魄,都是中国新文学划时代的巨制。这才是站在时代最尖端的作品,没有办法,我们只有跟它走。"写小说,真不容易。我一辈子都写不成小说,不知道从哪里下笔。也铺展不开,也组织不起来。不只长篇,连短篇也是。"这样的话,我不止听他说过一次。有人提到他的《笑的历史》和《别》。他似乎很生气地说:"那是什么!"随即就脸红起来。另一次谈及刚出版的郭沫若先生的《创造十年》,朱先生笑着说:"他说我这里有块疤。"用手摸摸他右鬓上面那块没长头发的大疤。但觉得这说得不好，于是脸又红了。还有一次是鲁迅先生到了北平，朱先生特意进城去请他到清华来讲演。他拿着清华中国文学会的请函去的，但结果碰了钉子回来。朱先生满头汗，不住用手帕抹着，说："他不肯来。大约他对清华印象不好，也许是抽不出时间。他在城里有好几处讲演，北大和师大。"停停又说，"只好这样罢，你们进城去听他讲罢。反正一样的。"

朱先生工作的地处就是系办公室。除了吃饭、上课和休息，他总在那围着满架图书的座位里"埋"着。我到这里找他，多是为选课的事；他劝我多选外文系的课；劝我读第二年英文；我读了两年法文也是他鼓励的。但对别的同学，我知道他并不向此方面指引。想是因材施教的意思，他是绝不牵着同学的鼻子向一方面走的。

有一天他坐在座位上非常生气。是有一位同学打电话到他家里，说有几本要看的书找不着，叫他立刻到图书馆书库帮他找一找。此意固然冒昧，大概说的话更不客气。"这是妄人，不理他！"他很厌恶狂妄不近情理的人。

后来为编年刊，向他索稿。到约定的时间去取，他还没有写完。于是叫我坐下等一等。我看见他埋头写着，很是着急，稿纸上涂了许多黑团团。终于脱稿了，把稿子交给我，指着说："你看看这几句。"我记得那几句大意是"诸位若因毕了业，就自以为了不得，那可不成"等等。

我毕业那年，家境坏了；本想找个饭碗。照规例，要就业的到系里登记。外间来信要人，即为斟酌介绍。我登记之后，朱先生替我接洽好了两三次事，但到时心里又不甘愿，回说还是不想就业。那时我可以免考入研究院，就在学校里再赖了一年。可是拖着太太和女儿,靠研究院数十元津贴和一点不可指望的稿金,实在不易维持。于是朱先生又替我接洽职业。那是在寒假中,说河南有个大学要教员,后来打听,又说不是。记得一天早晨奇冷无比,我遇见朱先生冒着吹得倒人的大风到邮局里打电报通知那学校说我不去了。

朱先生主持的清华中国文学系,订立的方针是用新的观点研究旧时代文学,创造新时代文学。但这也不能立刻就做得合乎理想的。朱先生最感苦痛的是多年为系务缠住,自己没法用功。听说他年年打躬作揖,要求准许他放掉系主任之职。他说:"你看我什么学问也没有,什么也拿不出来,我实在非用用功不可了。"但我知道,除了休假,他一直到死都没有摆脱系务。

抗战期间,他从昆明写给我的一封信上说:

> 我这些年担任系务,越来越腻味。去年因胃病摆脱了联大一部分系务;但还有清华的缠着;行政不论范围大小,都有些麻烦琐碎,耽误自己的工作很大。我又是个不愿马虎的人,因此就更苦了自己。况且清华国文系从去年下半年起,就只剩了一个学生。虽不一定是我的责任,但我总觉得乏味。今年请求休假,一半为的摆脱系务,一半为的补读基本书籍。一向事忙,许多早该读的书都还没有细心读过;我是四十多了,再迟怕真来不及了。

下面说到他的工作计划:

> 我的兴趣本在诗,现在是偏向宋诗;我是个散文的人,所以也偏爱散文化的诗。另一方面,我的兴趣又在散文的发展。今年预定的工作,便是散文发展的第一个时

期，从金甲文到群经诸子。这个范围也够大的，但我只想作两个题目。我还有一方面的倾向，就是中国文学批评史中问题的研究，还有语文意见的研究。这些其实都是关联着的。

写作方面，我想写一部关于语文意义的书，已定下名字，叫"语文影"。已经发表过一些。第一篇得罪了人，挨了许多骂。但我用阿Q的方法对付他们，一概来个不理，事情也就过去了。还想写一部，想叫作"世情书"。但担心自己经验太狭，还不敢下手。有人说中国现代，散文里缺少所谓Formal essay；这部书就想试试这一种体裁。但还得多读书，广经验，才敢起手尝试。

这信正是他带着严重的十二指肠溃疡的病，在我所传闻的，为了避空袭，背着仅有的一卷被子；进城去上课，住了几夜；又背着被子回乡下寓处那样的生活中写给我的。长有两千字；在此不必全部抄引了。

我不会作评论，关于朱先生在文艺学术方面的成就，这里也不能道及。以上我只拉杂琐屑地把我所见的他"这个人"细略叙述了出来。我要指明的是，他不是那等大才磅礴的人，他也不像那等人们心目中的所谓人师。用他自己的话说："我是大时代中一名小卒，是个平凡不过的人。"（见《背影序》）是的，他的为人，他的作品，在默示我们，他毫无什么了不得之处。你甚至会觉得他渺小世俗。但是他虔敬不苟，诚恳无伪。他一点一滴地做，踏踏实实地做，用了全部力量，不断地前进，不肯懈怠了一点。也许做错了，他会改正的；也许力量小了，他会努力的。说他"老好"也罢，"随和"也罢，他可一直忠于自己的思想与感情，一直忠于社会与时代。他把牢了大处——

知识阶级的文人，如果再能够，自觉地努力发现下去，再多扩大些；再多认识些，再多表现，传达，或暴露些，那么，他们会渐渐地终于无形地参加了政治社会的改革的。那时他们就确实站在平民的立场，做这个时代的人了。（见《标准与尺度》）

下面我再摘抄民国二十三年他二十六岁时所作的长诗《毁灭》中的末段：

> 从此我不再仰眼看青天，
> 不再低头看白水，
> 只谨慎着我双双的脚步；
> 我要一步步踏在泥土上，
> 打上深深的脚印！
> 虽然这些印迹是极微细的，
> 且必将磨灭的；
> 虽然这迟迟的行步！
> 不称那迢迢无尽的程途，
> 但现在平常而渺小的我，
> 早看到一个个分明的脚步，
> 便有十分的欣悦——
> 那些远远远远的
> 是再不能，也不想理会的了。
> 别耽搁罢，
> 走！走！走！

1948年

永怀师恩

——记受恩于傅斯年先生的一段往事

◎李亦园

　　一位伟大的教育家,不但在大处塑造一个时代的学风,而且也常常在小处替一个青年人安排好一生的路程。已故台湾大学校长傅斯年先生就是这样的一位教育家。

　　傅孟真先生于一九四九年一月接任台大校长,至一九五〇年十二月二十日因脑溢血猝逝于"台湾省议会"议场,前后主持台大校务尚不足两年。但是在这短短的两年中,他却为台大树立了优良的学风,并为台湾的学术研究立下了不拔的根基。作为台大的一分子,作为台湾学术研究圈内的一个成员,我和其他的人一样对傅先生怀有无限敬仰之意。可是,就我个人求学的历程来说,我却另对傅先生怀有一种终生无尽感念之情。

　　我是一九四八年九月考取台大历史系,当时傅先生尚未出任台大校长,而学校也因时局及屡次更换校长,正处于极不安定的情况下,但是当傅先生莅任数个月后,一切校务都很快地上了轨道。傅先生不但在很短期间内稳定了整个学校的行政,而且"带"来大批在国内学术界极负盛名的学者。傅先生自己是学历史的,同时也是"中央研究院"历史语言研究所的负责人,因此随他南下的学者,有很多是史学家,更有不少著名的考古学家、人类学家，如李济、董作宾、凌纯声、芮逸夫诸先生也都来到台大。当我在历史系读完一年级而进入二年级时，我们真是高兴得不得了，因为我们不但可以接触到很多史学大家，并且可以直接聆教于从前只能在教科书上看到大名的考古学者与人类学者，我在接受他们教益之余，已深深地为这些新的科目所吸引住了。而在此时，在傅先生的策划下，新成立的考古人类学系也自历史系分出，所以当我读完历史系二年级时，我就决定转系去读考古学与人类学了。

当我正兴高采烈准备办理转系之时，一件重大困难出现了。考古人类系是在傅先生来后半年，也就是一九四九年秋天才奉准设立的，到一九五〇年秋季我读完史学系二年级要升三年级时，该系只有二年级，所以不能收我为三年级的学生，假如我一定要转系，就得降一班就读，也就是目前所说的"降转"。我当时兴趣很浓，而且追随名师之心甚切，不在乎多读一次二年级，不过问题并不在于我自己是否愿意降一班就读，而是在于降一班还能不能保有我赖以就学的"奖学金"。原来在一九五一年以前，考取台大的学生成绩在每班前百分之五者，可以得到全额奖学金，我在入学时很幸运地能得到这份奖学金，这份奖学金不仅是荣誉，而且是赖以继续在台大就学的保障，因为当时家里经济的支援中断，假如没有奖学金，就不能再读下去。可是奖学金顾名思义是奖给成绩好的学生，如何能奖给降班的学生呢？所以当我办转系时，教务处就告诉我不能再保有奖学金了，这对我真是进退两难，而且心里很不服气，虽说我是"降班"的学生，但并非因成绩不及格而降，而是学校没有三年级可读才"屈就"的，我以此与教务处的人争辩，但他们总无法通融，即使是当时的教务长，也就是傅先生逝世后继任台大校长的钱思亮先生也爱莫能助。不过他告诉我，这种有关规则的事假如要改变，恐怕要校长批准才行，他要我写一个说明去见校长。

傅校长是一个喜欢与学生接触的校长，他来校后没多久，我们已见过他好几面，特别是史学系的学生，更有机会碰到他，但是单独去见他，对于一个二年级的学生来说，确实有点胆怯，不过为了自己的兴趣，我终于硬着头皮去见傅先生。他读了我的报告，没有立刻表示可否，却是先问了我三个问题：头一个问题是为什么要转考古人类学系？我说明了我的兴趣与想法后，他点头表示满意。在我稍嫌冗长的说明时，他一面燃着烟斗，呼呼地抽烟，一面注意地听，现在想来，以他那样繁忙的工作，却肯听一个初入门的学生诉说志愿，实在是不多见的。接着他又问我知不知道读人类学的人经常要去做田野工作，那是很苦而且要离家很长久的事，估量过自己能忍受得了吗？我回答说我相信自己能忍受。接着他又问我是否知道读这一行"冷门"，将来只有教书的前景。我表示对教书或研究有兴趣。傅先生听完我的回答后，没有再说别的，立刻在我的报告上批了准予保留奖学金。于是，我就满怀欢欣地离开校长室去办手续了。

现在想起这段事，虽然已隔了二十八年之久，但是仍然历历如在眼前，因为这一件事关我一生的历程至大，当时假如不是有一位这样开明的校长，我可能就要被迫放弃转读他系的企图，而以后的发展，也很可能就大有不同了。所以每当我想起这段往事，总是对这位良师怀念不已，所幸我并没有太过辜负傅先生帮助我转读人类学的苦心，如今我仍留在人类学研究的领域里，我也继续留在台大的考古人类学系担任教职，同时也特别对那些真正有心要转读人类学、考古学的人都给予帮助与关切。今天考古人类学系在学的学生中，仍有三四转学来的同学，大都能体会出我的这番心意。我想傅先生地下有知，也许会同意我把他施于我身上的"恩"，再转之于新生一代的身上去的。

1978 年

想起了吴雨僧先生

◎唐振常

　　说是"想起了"，并非日常完全置诸脑后，而是近来写《重读〈柳如是别传〉忆陈寅恪先生》文，翻检寅恪先生诗作颇多寄怀雨僧先生和与雨僧先生唱和之诗，再查寅恪先生一生事迹，和雨僧先生多有关系。两先生称为知己，怀念所及，感从中来。

　　今天的青年，恐怕多已不知吴雨僧先生为何人。甚至在文学界，知道雨僧先生的人，恐亦不多。知道的人，也似乎多已淡忘了他。日常阅读报刊文字甚少，只忆前数年《人民日报》有一短文，谈先生对于在大学里建立外国文学教学与研究的建设之功不可没。其实，先生贡献远不止此。只此一点，说明先生确乎似成历史遗忘了的人。

　　先生名宓，陕西泾阳人，一九一八年留学美国，后复遍游欧美各国。生前历任东南大学、东北大学、清华大学、西南联合大学、燕京大学、武汉大学、西南师范学院等校外文系教授，其中以任清华大学教授时间最长。

　　我从雨僧先生受业时间只有一年。一九四四年，先生离开西南联大，应聘到南京大学外文系任教，我选修了先生的《西洋文学史》一课。之后，先生就转入四川大学任教去了。此后偶尔尚去请益，但接触并不多。抗日战争胜利之后，先生一度任教武汉大学。全国解放以前，传闻先生曾萌削发入山之意。不知怎么的，去了重庆的西南师范学院。又不知怎么的，竟然放弃了他几十年执教的西洋文学，当了图书馆馆长。果如此，我想绝非他的本愿。一九七九年路经重庆，听西南师范学院一位教师说，先生是在一九七七年含冤去世的。这位教师向我历述"文革"中先生遭遇之苦，受折磨之深，令人不忍卒闻。精神肉体饱受摧残，挨过了"四人帮"的覆灭，终不免于一死。

先生长期接受西方教育，熏陶于西方文化之中，又热爱中国故有文化传统，国学根底极为深厚，诗作尤名于世，他的思想感情，无论于当世的西方和中国社会，都格格不相入。我以为，他的思想感情，或停留于西方的中世纪中（按先生课堂所教，他以为当称为"中世"，而不能称为"中世纪"，"中世"与"纪"相连为不通），或徘徊于《红楼梦》的大观园里。雨僧先生是《红楼梦》研究名家，他一生迷恋《红楼梦》，以为它是中国最好的小说，甚至是唯一的一部小说。但他不站在《红楼梦》外研究《红楼梦》，而是生活在《红楼梦》世界中，迷恋不能出。他每以妙玉自况，人或笑之。记得一次学校发工资，先生在办公室点数。事后，一位老师说，妙玉是不计身外之物的，吴先生何必如此认真。其实，雨僧先生毕竟是要生活的。但先生确实不知如何生活。思想感情既与现实相隔离，生活上亦复难以自理。先生与妻离异多年，长年是孤身一人在外生活。在成都燕京大学任教，就和我们学生同住于华阳县文庙中，不过他独居一室而已。每见他踽踽独行，对身边人与事概无所见，不时口中喃喃自语，我心中总有说不出的感触。他不是现实社会中人。他生活得太痛苦了。四川多老鼠，人皆不以为意。

一次我如厕，是夜停电，朦胧难辨周围，忽闻有人声，连呼"打死它，打死它"，声带恐惧之情，我听出是先生声音，告诉他不要怕。先生说："太可怕了！"

先生的思想感情难以令人理解，其痛苦便深不能去。他早年出于同情而爱上了毛彦文，这是先生所说的柏拉图式的恋爱，俗人不能理解。孰知毛后嫁给了年龄相差三十三岁的国务总理熊希龄（秉三），此事大伤先生之心，更感孤独。先生的学生、剧作家李健吾，以此事写成话剧《新学究》，从而嘲讽之。先生确乎有新学究之气，但我以为做此事有失忠厚之道，更非学生所应为。一九四六年，在上海我偶对李健吾先生言及此意，李先生仍不无自得，说他很了解雨僧先生，甚至说："我把他写活了。"嘲弄老师的痛苦，实在是并不了解老师。

先生与梅光迪、胡先骕诸先生创《学衡》杂志，以《学衡》派名于世，其反对白话文与新文学，成了文学史上一桩大公案。我们不能为贤者讳，《学衡》派在文学主张上确有守旧之处，然不能以此为一人及同侪诸人一生功过定论。梅光迪、胡先骕诸先生皆各有所长和贡献，雨僧先生亦然。且雨僧先生的乐道之心，敬业之诚，确应永为世法。

于西洋文学，先生有极深造诣。先生讲《西洋文学史》，不用讲义，从头到尾，以英语讲述，不看一本书一个字，熟极而透。记得他对《浮士德》赞赏备至，一提起靡菲斯特，其深恶痛绝之情，溢于言表。先生生平写格律诗最多，诗学功底极深，平生寄怀多在诗中。茅盾《回忆录》曾说，《子夜》出，第一篇评论《子夜》且予以甚高评价之作，出于先生（当然是用文言写的）。此事大出茅盾意料，我们这些后辈自然更没有想到。受教于先生之时，从未闻先生对新文学及白话文有所议论，平时言谈,从未说到当年《学衡》与新文学界的争论,也从未听他说起曾为文推荐《子夜》。我想,先生绝非改变了初衷,可能是以为此皆过去之事,不在他的意中了。只是在讲述中推崇白璧德,使我想起了鲁迅当年讽刺"白璧德的高足"事。尽管鲁迅所指非先生,而先生确为白璧德高足。

先生研究《红》学,学生皆极仰慕。记得一次他对全校作学术演讲,题目是谈《红楼梦》的回目。所着意讲的,是对对子之学。哪些回目对子好,哪些差,娓娓而谈,回目背得烂熟,皆信口而出,无一纸笔记。对对子是一项今天听来似无用处的旧套,其实,先生深意如同其挚友陈寅恪先生所主张,对对子是测验中国语文基本功的最好之法,寅恪先生曾在《致刘叔雅论国文试题书》中有长篇评论。那是一九三三年,陈寅恪先生为清华大学拟定招生国文试题,题中有以"孙行者"为题命对。一时群情大哗,寅恪先生乃致书刘文典(叔雅)先生论其用意。寅恪先生意中最佳之对为"胡适之"。"盖猢狲乃猿猴,而'行者'与'适之'意义音韵皆可相对。"寅恪先生此对原有所本,他说:"苏东坡诗有'前生恐是卢行者,后学过呼韩退之'一联,'韩卢'为犬名(见《战国策·齐策》及《史记·范雎传》),'行'与'退'皆步履进退之词,'者'与'之'俱为虚字。东坡此联可称极中国对仗文学之能事。"于此,可见对对子是颇有学问之事。陈吴二先生所见相同。

雨僧先生为我国学术界立的第一功劳,我以为应推雨僧先生荐寅恪先生出任清华国学研究院导师。一九二五年,清华学校创办国学研究院,雨僧先生为研究院主任,为荐寅恪先生任教(翌年到校。外传系梁启超所荐,误)。《吴宓文集》有如下一段文字:"宓于民国八年在美国哈佛大学得识陈寅恪。

当时即惊其博学，而服其卓识，驰书国内诸友谓：'合中西新旧各种学问而统论之，吾必以寅恪为全中国最博学之人……寅恪虽系吾友而实吾师。'"寅恪先生初上讲坛，与王国维、梁启超、赵元任三先生并称为四大导师，自一九二五年至一九三〇年国学研究院停办，五年之间，诸导师为中国文史之学培养了数十位卓有贡献的知名学者，此为世所公认。雨僧先生于一九二七年离研究院主任职，而其识人推荐之力和担任主任折衷樽俎之功，是中国学术界所不可忘的。

陈吴两先生相交逾五十年，切磋学问，至于晚年，寅恪先生之诗作多有散佚，多赖雨僧先生录存保留。雨僧先生对寅恪先生诗作了解最深，每有批注，能得其神。学人之风，君子之德，后学皆引为楷模。

寅恪先生以一代大师在"文革"中遭折磨至死，雨僧先生思想感情本不合于今世，被迫废其所学，管理图书，其痛苦可想而知。我为两先生泣，为中国学术泣。

雨僧先生赠寅恪先生诗甚多，仅录两首以见两先生相知之深：

> 经年瀛海盼音尘，握手犹思异国春。
> 独步羡君成绝学，低头愧我逐庸人。
> 冲天逸鹤依云表，堕溷残英怨水滨。
> 灿灿池荷开正好，名园合与寄吟身。
> 国伤哀郢已千年，内美修能等弃捐。
> 泽畔行吟犹楚地，云中飞祸尽胡天。
> 朱颜明烛依依泪，乱世衰身渺渺缘。
> 辽海传经非左计，蛰居愁与俗周旋。

匆写此文毕,瘦骨嶙峋,光头少发,终年着长袍,孑然一身的"古人"吴雨僧先生,如在眼前,一个不容于时、不合于世的孤苦学者。

1989 年 11 月 3 日

校后附记:近年,吴先生的著作和研究吴先生的著作与论文,出版、发表渐多,研究吴先生的中西文学的学术讨论会也举行了多次,令人高兴。一个为世遗忘多年的学者还是被大家记起来了,受到了应有的尊重。

1994 年 9 月 5 日

回忆叶公超先生

◎常风

一

　　一九二九年我报考清华大学外国文学系,被录为备取生。开学前几天我得到被录取的通知。到学校报到后选课时,看见教务处张贴的全校课程表上,英文教师中有叶公超先生。《新月》月刊一九二八年出版后我经常翻阅,先生的名字是熟悉的,他写的评论外国新书的文章我很喜欢看。当时清华大学规定全校学生必修英文两年,不论哪个学院哪个学系的英文课,都由外文系教授讲授。我们外国文学系新生大多数都在叶先生班。报到晚的正取生和补取的新生分别插在其他各班。我被分配到美国詹孟生(R.D. Jameson)教授班。

　　我的同学钱钟书在叶先生班,他常和我谈到叶先生讲课的情形。那年冬天的一天,钟书约我一同去叶先生家拜访。这是我第一次谒见先生。叶先生是一九二九年新应聘到清华任教的,和我们一年级新生差不多是同时到的清华园,他原先任上海暨南大学外国文学系教授兼系主任。叶先生当时还是单身,住在清华园东北角的北院教授住宅区。北院原来是清华学堂初建校时专给外国教师修盖的,都是西式平房。叶先生住在北面一排中间的一套。北院中间有大片空地,除了一个网球场都是草坪,周围还种了许多花草和树木,比其他几个住宅区布置得都整洁幽雅,也特别安静。叶先生住了大约快一年时,移来几竿竹子栽在南窗前面。后来他给他的客房兼书房和饭厅的那间大屋子起了一个雅名"竹影婆娑室",还请老诗人,汉魏诗歌专家黄晦闻老先生写成横批,悬挂在室内南窗上方白粉墙上。坐在他的客房里确实看得见竹影摇曳。叶先生原是一位很爱风雅的人。

叶先生家里的陈设很简单,没有什么讲究的家具,也看不见什么摆设。叶先生大约是到清华一年后结婚的。有一天我去拜访,看见一位女子坐在书桌旁椅子上看书。经叶先生介绍,才知道是他新婚的夫人袁女士,燕京大学物理系毕业的。可是房里没有新添像是新婚家庭的家具和摆设。新婚夫人也是一般穿戴,不像一个新嫁娘。坐下谈话时,我看见背后书架上一排十来本红皮脊烫金的字和图案十分耀眼的书,以前在他书架上不曾看见过。叶先生告我,是胡适、温源宁十来位老朋友赠送的结婚礼物,路卡斯(E. V. Lucas)编的《兰姆全集》(Complete Works of Charles Lamb)和路卡斯写的《兰姆传》。叶先生最喜欢兰姆的文章。朋友们特意买了这套书送他作为贺礼的。在叶先生家里只有这一套崭新金光闪闪的《兰姆全集》是唯一使人感到叶先生确实已经结了婚了。

叶先生对待学生十分随便,没有架子,我们和他谈话没有一点拘束。我们背后讲到他总称"老叶"。他经常穿中服,人们很少看见他着西装。他在家里或在校园里走动,手里常拿着烟斗或口里叼着烟斗。我们拜访他时,多是请教他英美现代文学和文学批评之类的问题,或者请他指导看什么书。有时也谈论时局或一些趣闻趣事。有一次我去借书,他到书架上找,同时叫我自己也找。我看见有两本美国现代著名诗人佛罗斯特(Robert Frost,一八七五——一九六三)的两本诗集。我打开书看,扉页上有诗人的签名和题赠"George Yeh"等字。我问叶先生,才知道他在入哈佛大学之前先在阿默斯特学院(Amherst College)学习过。我以前曾听说过阿默斯特学院是一个有名的文科学院,哈佛大学的学生多是先在阿默斯特学院经受严格的语言训练的。叶先生告我佛罗斯特曾在阿默斯特教过多年书,常在附近农庄住,因此认识的。我不曾问过叶先生在国外学习的情形,只是在学校发给学生的一大厚本清华大学一览上看见叶先生的履历,知道他是哈佛大学文学硕士。我们系吴宓先生和陈福田先生都是哈佛出身。

叶先生在上海时就参加了《新月》月刊的编辑工作。一九三二年《新月》第四卷起叶先生任主编后,在刊物上陆续出现了不少新人和以前不曾在《新月》上发表文章的老作家。叶先生常找清华学生和北平初露头角的青年作家要稿子。一九三二年秋季开学后叶先生向我要稿子,我不敢写。他说不要怕,只要肯动笔慢慢就会写了。有一天叶先生拿了英国著名文学批评家利威斯(F.R.Leavis,一八九五——一九七八)的新书《英诗新评衡》(New Bearings in English Poetry: A Study of the Contemporary Situation,一九三二)和作者的两本小册子让我写一篇书评。我自己的学力与理解能力实在是不能胜任评介这位批评家的新作的。叶先生竭力鼓励我写,他还指示给我利威斯这部书的几个重要论点。我只好根据叶先生的指点生吞活剥地看了这本书,写了篇连自己也觉得难为情的书评交给了叶先生。我想当时叶先生一定是急于在他主编的刊物上介绍这本新出版的重要批评文学著作,他没有时间自己动笔,就只好没有提什么意见接受了。现在我一想起这篇书评还感到汗颜。同时我还把刚写好的一篇散文习作请他指导。过了几天叶先生叫我到他家谈谈。他已经看过我的文章,他说初学习写文章要特别注意怎样写。他把我的那篇文章一页一页翻给我看,只见画了许多××。他要我拿回去仔细看几遍画了××的地方,自己去找画上××的原因,耐心、认真、想好,改了,重新抄好请他看。叶先生又说,要想写好文章必须有耐心,不惮其烦地删改。我照叶先生的指点修改后重抄了请他看。他当面给我指点,又在稿子上画××,让我自己回去再仔细推敲,改了抄清再送去。我记得我照这样反反复复修改、重抄了五次,拿去请叶先生再指点时,他翻来翻去看了几遍才说可以不修改了。我自己计算了一下,最后修改过的稿子比原来的少了一半。这篇散文就是用常风作为笔名,叶先生给我发表在《新月》月刊第四卷第六期的那篇《那朦朦胧胧的一团》。

我初次学习写文章得到叶先生认真仔细看,又亲切耐心指示我如何自己找出毛病和表现不妥、繁冗的语句,然后修改或删削,严格要求我三番五次改了又改,一直到修改到可以读得下去才点头,给了我极有益极重要的写作指导。我才认识到写作是一件十分严肃的工作,不是可以马马虎虎信笔而写的。叶先生指点删改文章时说:千万记住写文章一定要学会舍得割爱;能不用的字一定不用,能用一个字表达的就不用两个字。不论写什么只要是和你所要表达的无关就都删掉。古今中外文章写得好的,都是简洁,不枝不蔓,绝对不要堆砌美丽堂皇的字眼儿。叶先生还告我:这些话并不是我自己的发明，都是我从中国外国作家那里学来的，我自己体会到这些话确实正确。叶先生这些话我一直记在心里。我每写文章的时候总拿他的话警戒我自己。我现在写这篇回忆，恍惚是坐在清华园北院的竹影婆娑室里，恭听先生手里拿着我的稿子，一面给我讲说一面用铅笔在稿子上画××的情景。浮生若梦，五十七度岁月已经骎骎地消逝了。

一九三三年我从清华大学毕业后，在北平无法找个中学教师位置，只好应太原平民中学之聘回到太原，开始我的教师生活。叶先生很想我能留在北平，可是他也没有办法给我找个工作。我临行前向叶先生辞行，他说我刚学习写文章，在太原很难得到提高的机会。以后如果有机会，一定要我到北平。这时《新月》月刊已因经费困难，无法维持，宣告停刊了。

这年寒假前我接到叶先生的信，希望我假期内能到北平谈谈。一九三四年一月中我到了北平，第二天我到清华大学拜谒叶先生。叶先生问我半年来写过文章没有。他说他也懒于动笔，以前自己编刊物时逼着自己非写不可，现在要写，想发表可不像自己办杂志那么方便。半年来他和闻一多先生好几次谈起，最好自己办个刊物，找熟识的朋友们自己筹钱自己出版，办个同人杂志。他还和梁实秋、余上沅两位谈过，他们也都赞成（梁先生和余先生都曾任《新月》月刊编辑）。他们四位最近曾商议过一次，计划先分别征求愿意参加的朋友集款，然后筹备出版。筹到的款能够印几期就出几期，暂不给稿费，如果维持不下去就停刊。叶先生问我的意见，我自然同意办这样一个同人杂志。他让我先认十五元，并说我初工作，又有家庭负担，不能勉强。我告别时，叶先生说等他们几位商议妥具体办法后再写信告我。三月初我接到余上沅先生的信，告诉我刊物已筹备就绪,定名为《学文》月刊,请我将承认的十五元寄去。余先生当时任中华文化教育基金董事会的秘书。随后我也接到叶先生的信,要我有时间准备文章。《学文》出版后都由余先生寄给我,我记得每期送我四本。

当时我正忙着为毕业班学生准备会考和考大学,编写文法练习和复习教材,没有时间写文章,也不知该写什么样的文章。五月底偶然看见新出的老舍小说《离婚》,翻阅了一下我就买了一本。看完《离婚》后,想起以前看过的老舍几部长篇,《老张的哲学》、《赵子曰》和《二马》,觉得很有些话可讲,于是就写了一篇书评给叶先生,大约已是六月初了。刚寄了信就接到叶先生的信,他告诉我,清华校长梅贻琦先生新担任了北平艺文中学董事会董事长,他已请梅先生介绍我到艺文中学教书。接着梅先生给我信,艺文中学决定聘任我要我速复。我当时已接受了平民中学的续聘书,不能不顾信义,我立刻写信给梅先生感谢他的推荐,同时告了他我已接受了续聘书不能违约请他原谅。梅校长很快给我回信说,我应遵守聘约,明年艺文中学如仍有机会他一定告诉我。过了几天我收到叶先生信,《学文》已无法维持,决定出了第四期后停刊。我寄去的稿子他打算送给沈从文先生,沈先生将接办《大公报》改组的副刊《文艺》,很欢迎关于创作的评论,我以后可以直接给《文艺》寄稿。他今年休假,正准备到欧洲去,明年回来后希望能在北平见面。

昙花一现的《学文》月刊出版了四期就停刊,现在很少有人知道三十年代曾经有过这个刊物。《学文》存在虽极短暂,可是确实登载过些很有价值的论文和创作。封面是由林徽因先生设计的,典雅朴素,在三十年代许多刊物的封面设计中独具一格。近年来刊物上发表过几篇关于三十年代文学刊物的文章都没有提到《学文》这个刊物。我曾亲自听叶先生讲过他倡议创办《学文》和筹备的情形，我还是参加这个刊物创办者之一，应该把我所知道的《学文》的一些情况和叶先生计划办同人杂志的意图，不避烦琐在这里顺便讲讲。

一九三五年五月初梅贻琦先生就写信告我，艺文中学仍愿聘我任教，我如果决定就聘应该早日向平民中学校长说明，以便学校及早另聘教师。梅先生是很了解外省聘请教师的困难的。学期结束后，我就告别了教了两年书的平民中学，到了北平。我每想起这次得以调职北平工作，对于推荐和介绍我的叶先生、梅先生两位师长总是怀着不胜感激之情的。

叶先生在暑假快结束时从欧洲回到北平。他在清华大学又教了一年课改就北京大学之聘，离开清华大学。他还担任中华文化教育基金董事会的基金讲座，研究《圣经》汉文翻译。叶先生在清华大学工作了七年，除了教一二三年级的英文还开过英国散文、现代英美诗、十八世纪文学、文学批评和翻译这几门本系的专业课，同时还在北京大学兼课。编辑《新月》月刊和《学文》杂志是他的业余工作。我知道他曾给几位朋友和学生校过他们翻译的书。清华大学是叶先生一生教学工作时间最长的一个学校。

二

叶先生于一九三六年七月中旬由清华园搬迁到北平城内西北城地安门西大街前铁匠营五号。这所新居是一家大宅门的后院。房东住的正院面临大街路北嘉兴寺西侧。前铁匠营胡同是一条又窄又短的小胡同。房东在西墙开了个门与正院隔开,开了门就是前铁匠营胡同。叶先生的书房在西厢房,还是和在清华大学北院一样,书房也是接待朋友们的地方。房里的家具还是以前用的那些。北房是很高大的三间,陈设着满堂硬木家具,显得很富丽堂皇。叶先生告我都是房东原来的摆设借给用的。北房的廊檐很宽通到东面另一个院子。廊檐外有两棵树和花花草草,还堆砌着几块太湖石。在这所新居虽然看不到竹影婆娑却颇有花木扶疏之致,也十分幽静。如果想散步,出了胡同十分钟便可走到北海后门。或者多走几步到地安门外(通称后门)鼓楼前一带古玩铺地摊逛逛也是很好的消遣。

叶先生在新居安排妥之后,除了到北大上课,即着手搜集《圣经》的各种翻译本和有关资料(包括佛经翻译资料)。他也继续购置诗话一类的书。有一次他有点感慨地说,咱们学外语的人总须另找个安身立命之处。他是说只教外文、讲外国文学不过是做些介绍传播外国文化的工作,固然重要,可是应该利用从外国学来的知识在中国语言和文学方面多钻研,认真做点一砖一瓦的工作,为建筑一座宏伟殿堂做基础。那时我住在西四牌楼北路东第一个胡同小拐棒胡同,出了胡同不过马路顺着行人道往北过两个胡同口是太平仓。从太平仓胡同进去往北走不远往东就是地安门西大街。有一天晚饭后我出去散步走到叶先生家。他家里晚上很少有客人,我进了房里后看见一位年纪与我仿佛的客人。叶先生介绍是不久前才从英国回来的谢文通先生。三人坐下后随便交谈,叶先生极口称道谢先生的道地的英文。谢先生留学牛津大学,暂在北京大学和燕京大学教课,住在叶先生书房里间。后来叶先生告诉我他要和谢先生合作翻译几十首宋词。他们两人究竟翻译了多少首，曾否发表过，我都没有听叶先生讲过。

七月里邵洵美先生和他的美国朋友项美丽女士（Emily Hahn）到北平游历。沈从文先生在西四同和居设宴招待，约了十几位朋友作陪。隔了几天邵先生在同一个饭馆回请大家。席间邵先生提出他计划和北平的朋友们合办一个文学杂志，由北平方面负责编辑，他在上海负责印刷出版。当时大家只随便谈。过了几天邵先生走后，沈从文先生约大家讨论邵的建议。大家对办刊物是愿意的，可是对和邵合作有意见，担心把杂志办成邵在上海办的《论语》一类的刊物。北平方面编好稿子寄到上海，邵负责印刷和出版，如果他加进什么稿子北平方面毫无办法。大家谈了许多未做定论，多数是不赞成和邵先生合作的。以后也没有人再谈它了。这两次宴会和讨论叶先生都参加的。他和邵先生两位是老朋友又共同编过《新月》。

可是杨振声先生和沈从文先生因邵洵美先生的计划动了自己办个刊物的念头。那年年底经胡适之先生和商务印书馆接洽，商务印书馆十分赞成。他们几位和商务印书馆商议决定请朱光潜先生担任《文学杂志》主编，全权负责编辑杂志的全部工作；商务印书馆只负责印刷出版发行和编辑经费等，概不干涉编辑工作。朱先生于一九三七年一月正式接受商务印书馆的聘请之后，约我做助理编辑，从筹备开始，我就参加编辑委员会的会议，做记录。朱先生和杨先生商议组织一个编辑委员会，他们也约叶先生一同商量。初拟成立一个八人的编辑委员会，这八个人即朱光潜、杨振声、沈从文、叶公超、周作人、朱自清、林徽因、废名。继而考虑这八人都在北平，又增加了上海的李健吾和武汉的凌叔华两人,组成一个十人的编辑委员会。叶先生是编委中很积极的一位。《新月》月刊停刊后叶先生就想办一个同人杂志,办过一个《学文》,没有固定经费,只靠大家凑钱办,花完钱只好停刊。现在商务印书馆承担编辑工作外的一切事务,经费有着落,实现了他要办一个同人杂志的心愿。编委会开会时他总是抢着发言,讨论稿件时常和大家争辩,有时很热烈地提高嗓门嚷,可是争论后大家又都嘻嘻哈哈。朱先生在宣布决定创刊号集稿日期请大家尽快写稿时,叶先生说他一定如期交稿。他确实是第一个交了稿子的,就是登在《文学杂志》第一卷第一期的那篇《谈新诗》,编委会开会审查创刊号稿件时,大家对他这篇文章一致称赞。创刊号发行后叶先生这篇文章很引起读者重视,编辑部陆续收到几篇讨论新诗的稿件。《文学杂志》在七七事变前虽只出了四期,今天人们讲到《文学杂志》还曾有过一些贡献,是和十位编辑委员共同的努力分不开的。

七七事变后不多几天叶先生只身南下。他自一九二九年到北平至一九三七年离开北平,在北平度过整整八年(其中一年在欧洲休假)。这八年是叶先生一生教学工作和学术工作最值得纪念的八年。

三

叶先生离开北平后不久,叶夫人带着大女儿阿彤和小儿子就搬到东城北总布胡同一号原来金岳霖先生住过的那个小院子。这个小院子只有一排北房,是七七事变前梁思成和林徽因一家住的正院的后灶房。原来两个院子有门可通,这时堵了。叶夫人打电话告诉我已经搬了家。我去看望他们时，一切都已安排好了，不像是新搬来的。叶夫人和两个孩子住在这个宽不过两丈的狭长条小院子里很觉得满意。北房对着前院房的后墙，墙后有一棵树，阿彤小姐喜欢学着爬树玩，她现在大约已有五十多岁，或者已经抱孙儿了。

叶先生离开北平后先到了长沙，曾寄给我一张明信片，简单告我暂时在长沙。后来他到了昆明，和我通信也是用明信片，以后在香港和重庆也是如此。他在昆明时总问讯周作人的情况。他和南行的沈从文先生、朱光潜先生，还有上海的李健吾(我的老学长)，都极担心周作人待在北平很难逃过日本侵略军的威胁，会被拖下水。他们每次通信都让我代他们问候周作人，我总把他们的信带给周作人看。一九三八年六月，叶先生写信告我七月里要回北平安排眷属南行，并要我代他向周作人致意。七月初叶夫人打电话告我叶先生将于十日抵平，我即写信告了周作人。周接我信立刻回信告我，请我代他约叶先生十二日中午到他家便饭畅叙，并要我也去，他还约了俞平伯先生。十日中午我接到叶先生电话，下午我去叶宅，大家谈了些昆明和留在北平的熟人们的情况，我告诉叶先生周作人约他吃饭的事。叶先生说原打算过几天再去看望周作人的，周既已约了吃饭只好今天先去拜访。叶先生告我他这次回来还负有代表北京大学敦促周作人到昆明的使命。我们谈了一会，我陪叶先生乘车到八道湾周宅拜访。七月十二日正午前叶先生乘车到我家(一九三八年一月我已由小拐棒胡同搬到西四南丰盛胡同)叫上我到周家，俞平伯先生已先在座了。叶先生回来还未去看俞先生。他们两位谈话时，徐祖正先生来了，周作人也约了他的，于是他们又寒暄了一会就入席。饭后徐先生小坐了一会就先告辞。叶先生一面抽烟斗一面不疾不徐地向周作人传达他所负的使命。他还说朋友们都十分怀念他，希望他能早日到昆明聚首。周作人仔细听着，手里玩弄着扇子，他说他很感激大家，他也很怀念大家。可是全家搬到南方太困难，只要每月有二百元他就可以维持生活不必离开北平了。周作人就这样婉言谢绝了北京大学的敦请和朋友们对他的爱护。过了两天叶先生告我，周作人曾去看过他，还是强调南行的种种困难。九月下旬叶先生离北平的前一天约我陪他到八道湾向周作人辞行。周作人仍然重复讲他的困难，请北京大学和朋友们原谅他不能南行的苦衷。叶先生明知再说什么也无用，可是还不得不再说几句请他再仔细考虑的话。叶先生没有完成他的使命就回了昆明。同年大约十二月叶夫人携带了两个孩子启程南下，不曾再回北平。叶先生在他北平的最后一个家只住了两个多月。

　　叶先生一九三九年从香港寄给我一张明信片，要我给他找几张刊登杨小楼演戏的报纸，他想用英文写几篇回忆看京戏的文章卖点钱。我从来不看戏，也不认识懂京戏的人，对于梨园界更一无所知，我只好尽量多找几张报寄去。以后叶先生给我的信中未再提写文章的事。

　　胜利后当年九十月间杨振声先生从昆明回到北平筹备北京大学复员工作。他告诉我叶先生几年来在英国做宣传工作很有成绩。杨先生还讲到叶先生有一次在海上遇险逃到一只小船上和歹徒恶斗的惊险事。朋友们平常都不知道叶先生有这许多惊人的本领。杨先生还告我叶先生有什么论文在英国得了奖。一九四七年我看到报上登载叶先生已回国任外交部参事的消息，还附着一张叶先生手里拿着一件什么东西的照

回忆叶公超先生

片,我才知道叶先生从政了。我写信去问候,并告他我胜利后经朱光潜先生介绍到北京大学西语系教书,我的家也搬到沙滩北大东斋教员宿舍。一九四八年九月中一天我正在家里,叶先生突然来了,这是我完全没有想到的。他告诉我得到几天休息,趁此机会来北平看看老朋友们,还替他叔父遇庵老先生办点事。叶夫人现在美国一个大学图书馆工作,阿彤姐弟二人随着妈妈。他在南京还到老虎桥监狱探视过周作人。我陪叶先生看望了几位老朋友,大家请他聚会了一次。清华大学的朋友们特别请他到清华园盘桓了一天。叶先生这次重游北平是很愉快的。这是我最后一次和叶先生会晤,也是叶先生最后一次到北平。

海峡隔开两岸人与人间的一切联系。叶先生逝世的消息我只是在过了许多天之后才在报纸上看见一则很简单的报道。虽只一水之隔我却无由表达对我的老师的哀悼,对叶夫人和她的女儿儿子也不能略表唁慰之忱。今年四月收到上海陈子善先生的信,才知道台湾的秦贤次先生在叶先生生前征得叶先生同意,编成一本《叶公超文集》,而且已于一九七九年在台湾出版。秦先生在台湾不可能搜集齐全叶先生早年在大陆刊物上发表过的文章,深以为憾。去年秦先生到上海开会,与陈子善先生谈起,他们两位愿意合作尽量搜集在大陆所能搜集到的叶先生的遗作,辛辛勤勤一年来已编成叶先生文集的第二集正准备出版。陈先生特来信约我写一篇文章附在文集之后,并代达秦先生的盛意。叶先生是我的业师,我离开清华大学两年又回到北平工作,从一九三五年到一九三七年与先生过从甚多,得以继续受到先生的教诲。秦先生和陈先生编成叶先生文集第二集,使先生的全部著作得以传留于世,我忝在先生弟子之列,对于秦先生与陈先生编成此集之劳绩钦敬感激之余又不胜愧怍。用敢不揣谫陋之文谨就多年以来所见所闻所知先生之言行写之如上,借以稍表我对先生的追念。

1989 年 5 月 30 日太原

1993 年 10 月 10 日修改

怀冯芝生友兰先生

◎鲲西

上世纪卅年代，已故冯芝生友兰先生无疑已是近代以来中国最享盛名的哲学家。冯先生自云卒业于北大，然后出国深造，回国以后一直担任文学院院长。俗称清华十二级，人才辈出，被吴有训教授誉为状元的是钟开莱，其次则是冯宝麟。在班上冯先生最器重冯宝麟，每有疑问必询他看法。一九三四年冯先生的中国哲学史先后完成，而任审查的是陈寅恪先生，一时艺林传为佳话。其结语是"取材精审，持论正确"，文长不具引，全文收入《金明馆丛稿二编》。其间，冯先生曾出国，辗转由苏联归国，于苏联颇有溢美之词，先后作了两次演讲，引起国民党特务注意，由是冯先生被捕，并被押送南下保定。一时舆论哗然，而此时学界的声音也颇有力量，迫于形势冯先生被释放，出来时冯先生自嘲说："天上方一日，人间已百年。"

战起我曾见在蒙自小城，冯先生看《新华日报》。寅恪先生有诗咏蒙自南湖："景物居然似旧京，荷花海子忆升平。桥头鬓影还明灭，楼外笙歌杂醉醒。南渡自应思往事，老归端恐待来生。黄河难塞黄金静，日暮人间几万程。"

哲学系在衡山只有短短几月，冯先生说精神上深受激励，因为这是历史上最大的灾难时期，同时这也是朱子会友论学之处。然而他转而说我们正遭受与晋人南渡、宋人南渡相似的命运。可是他看到有这么多哲学家、著作家和学者都住在一栋楼里，所谓遭逢世变，投止名山，他也好像微微感到宽慰。接着他说在这短短几月里，他和汤用彤教授、金岳霖教授把此前的著作完成了。这就是汤先生的《中国佛教史》、金先生的《论道》及冯先生自己的《新理学》。他和金先生之间的区别在于，后者是独立研究形上学的成果。今天年轻人对这些上一世纪的大师无疑太生疏了。

在战时昆明冯先生再次应邀出国讲学，其成果就是我手边的《中国哲学简史》。正是在这期间开的评议会上(依清华传统)，有人提出刘文典先生多次旷课应予辞退，很显然这是出于报复，提议者由于在一次课间休息时读错音，被刘当场指出。对于弄旧学的学者这是难以消除的耻辱。而这一切正是趁冯先生出国期间。当时吴雨僧先生最抱不平。几十年过去，除了这部《中国哲学简史》，今日还有几人怀思这些令人肃然起敬的大师？

在一度卷入实际上是"四人帮"搬演的所谓儒法之争这节丑闻后，四凶覆灭。冯先生又恢复了自我，以下是师生的对话：

师：怎么样？

生：说你想说的话。

这个生就是冯契，即当年的冯宝麟。

于此我想起但丁《神曲》的开场的话：在人生的中途我们面临歧路。

金岳霖先生

◎汪曾祺

　　西南联大有许多很有趣的教授,金岳霖先生是其中的一位。金先生是我的老师沈从文先生的好朋友。沈先生当面和背后都称他为"老金"。大概时常来往的熟朋友都这样称呼他。关于金先生的事,有一些是沈先生告诉我的。我在《沈从文先生在西南联大》一文中提到过金先生。有些事情在那篇文章里没有写进去,觉得还应该写一写。

　　金先生的样子有点怪。他常年戴着一顶呢帽,进教室也不脱下。每一学年开始,给新的一班学生上课,他的第一句话总是:"我眼睛有毛病,不能摘帽子,并不是对你们不尊重,请原谅。"他的眼睛有什么病,我不知道,只知道怕阳光。因此他的呢帽的前檐压得比较低,脑袋总是微微地仰着。他后来配了一副眼镜,这副眼镜一只的镜片是白的,一只是黑的。这就更怪了。后来在美国讲学期间把眼睛治好了——好一些了,眼镜也换了,但那微微仰着脑袋的姿态一直还没有改变。他身材相当高大,经常穿一件烟草黄色的麂皮夹克,天冷了就在里面围一条很长的驼色的羊绒围巾。联大的教授穿衣服是各色各样的。闻一多先生有一阵穿一件式样过时的灰色旧夹袍,是一个亲戚送给他的,领子很高,袖口极窄。联大有一次在龙云的长子、蒋介石的干儿子龙绳武家里开校友会——龙云的长媳是清华校友，闻先生在会上大骂"蒋介石，王八蛋！浑蛋！"那天穿的就是这件高领窄袖的旧夹袍。朱自清先生有一阵披着一件云南赶马人穿的蓝色毡子的一口钟。除了体育教员，教授里穿夹克的，好像只有金先生一个人。他的眼睛即使是到美国治了后也还是不大好，走起路来有点深一脚浅一脚。他就这样穿着黄夹克，微仰着脑袋，深一脚浅一脚地在联大新校舍的一条土路上走着。

金先生教逻辑。逻辑是西南联大规定文学院一年级学生的必修课，班上学生很多，上课在大教室，坐得满满的。在中学里没有听说有逻辑这门学问，大一的学生对这课很有兴趣。金先生上课有时要提问，那么多的学生，他不能都叫得上名字来——联大是没有点名册的，他有时一上课就宣布："今天，穿红毛衣的女同学回答问题。"于是所有穿红毛衣的女同学就都有点紧张，又有点兴奋。那时联大女生在蓝阴丹士林旗袍外面套一件红毛衣成了一种风气——穿蓝毛衣、黄毛衣的极少。问题回答得流利清楚了，也是件出风头的事。金先生很注意地听着，完了，说："Yes！请坐！"

学生也可以提出问题，请金先生解答。学生提的问题深浅不一，金先生有问必答，很有耐心。有一个华侨同学叫林国达，操广东普通话，最爱提问题，问题大都奇奇怪怪。他大概觉得逻辑这门学问是挺"玄"的，应该提点怪问题。有一次他又站起来提了一个怪问题。金先生想了一想，说："林国达同学，我问你一个问题，'Mr. 林国达 is perpenticular to the blackboard(林国达君垂直于黑板)'，这是什么意思？"林国达傻了。林国达当然无法垂直于黑板，但这句话在逻辑上没有错误。

林国达游泳淹死了。金先生上课,说:"林国达死了,很不幸。"这一堂课,金先生一直没有笑容。

有一个同学,大概是陈蕴珍,即萧珊,曾问过金先生:"您为什么要搞逻辑?"逻辑课的前一半讲三优论,大前提、小前提、结论、周延、不周延、归纳、演绎……还比较有意思。后半部全是符号,简单像高等数学。她的意思是:这种学问多么枯燥! 金先生的回答是:"我觉得它很好玩。"

除了文学院大一学生必修课逻辑,金先生还开了一门"符号逻辑",是选修课。这门学问对我来说简直是天书。选这门课的人很少,教室里只有几个人。学生中最最突出的是王浩。金先生讲着讲着,有时会停下来,问:"王浩,你以为如何?"这堂课就成了他们师生二人的对话。王浩现在在美国,前些年写了一篇关于金先生的较长的文章,大概是论金先生之学的,我没有见到。

王浩和我是相当熟的。他有个要好的朋友王景鹤,和我同在昆明黄土坡一个中学教书,王浩常来玩。来了,常打篮球,大都是吃了午饭就打。王浩管吃了饭就打球叫"练盲肠"。王浩的相貌颇"土",脑袋很大,剪了一个光头,联大同学剪光头的很少,说话带山东口音。他现在成了洋人——美籍华人,国际知名的学者,我实在想象不出他现在是什么样子。前年他回国讲学,托一个同学要我给他画一张画。我给他画了几个青头菌、牛肝菌,一根大葱,两头蒜,还有一块很大的宣威火腿——火腿是很少人画的。我在画上题了几句话,有一句是"以慰王浩异国乡情"。王浩的学问,原来是师承金先生的。一个人一生哪怕只教出一个好学生,也值得了。当然,金先生的好学生不止一个人。

金先生是研究哲学的，但是他看了很多小说。从普鲁斯特到福尔摩斯，都看。听说他很爱看平江不肖生的《江湖奇侠传》。有几个联大同学住在金鸡巷，陈蕴珍、王树藏、刘北汜、施载宣(萧荻)，楼上有一间小客厅，沈先生有时拉一个熟人去给少数的爱好文学，写写东西的同学讲一点什么。金先生有一次也被拉了去。他讲的题目是"小说和哲学"，题目是沈先生给他出的。大家以为金先生一定会讲出一番道理。不料金先生讲了半天，结论却是：小说和哲学没有关系。有人问：那么《红楼梦》呢？金先生说："红楼梦里的哲学不是哲学。"他讲着讲着，忽然停下来："对不起，我这里有个小动物。"他把右手伸进后脖颈，捉出了一个跳蚤，捏在手指里看看，甚为得意。

金先生是个单身汉(联大教授里不少光棍，杨振声先生曾写过一篇游戏文章《释鳏》，在教授间传阅)，无儿无女，但是过得自得其乐。他养了一只很大的斗鸡(云南出斗鸡)。这只斗鸡能把脖子伸上来，和金先生一个桌子吃饭。他到处搜罗大梨、大石榴，拿去和别的教授的孩子比赛。比输了，就把梨或石榴送给他的小朋友，他再去买。

金先生朋友很多，除了哲学家的教授外，时常来往的，据我所知，有梁思成、林徽因夫妇，沈从文，张奚若……君子之交淡如水，坐定之后，清茶一杯，闲话片刻而已。金先生对林徽因的谈吐才华，十分欣赏。现在的年轻人多不知道林徽因。她是学建筑的，但是对文学的趣味极高，精于鉴赏，所写的诗和小说，如《窗子以外》、《九十九度中》风格清新，一时无二。林徽因死后，有一年，金先生在北京饭店请了一次客，老朋友收到通知，都纳闷："今天是徽因的生日。"

金先生晚年深居简出。毛主席曾经对他说："你要接触接触社会。"金先生已经八十岁了,怎么接触社会呢?他就和一个蹬平板三轮车的约好,每天载着他到王府井一带转一圈。我想象金先生坐在平板三轮上东张西望,那情景一定非常有趣。王府井人挤人,熙熙攘攘,谁也不会知道这位东张西望的老人是一位一肚子学问,为人天真、热爱生活的大哲学家。

金先生治学精深,而著作不多。除了一本大学丛书里的《逻辑》,我所知道的,还有一本《论道》。其余还有什么,我不清楚,须问王浩。

我对金先生所知甚少。希望熟知金先生的人把金先生好好写一写。

联大的许多教授都应该有人好好地写一写。

1987 年 2 月 23 日

沈从文先生在西南联大

◎汪曾祺

　　沈先生在联大开过三门课:各体文习作、创作实习和中国小说史。三门课我都选了,各体文习作是中文系二年级必修课,其余两门是选修。西南联大的课程分必修与选修两种。中文系的语言学概论、文字学概论、文学史(分段)等是必修课,其余大都是任凭学生自选。《诗经》、《楚辞》、《庄子》、《昭明文选》、唐诗、宋诗、词选、散曲、杂剧与传奇……选什么,选哪位教授的课都成。但要凑够一定的学分(这叫"学分制")。一学期我只选两门课,那不行。自由,也不能自由到这种地步。

　　创作能不能教? 这是一个世界性的争论问题。很多人认为创作不能教。我们当时的系主任罗常培先生就说过:大学是不培养作家的,作家是社会培养的。这话有道理。沈先生自己就没有上过什么大学。他教的学生后来成为作家的,也极少。但是也不是绝对不能教。沈先生的学生现在能算是作家的,也还有那么几个。问题是由什么样的人来教,用什么方法教。现在的大学里很少开创作课的,原因是找不到合适的人来教。偶尔有大学开这门课的,收效甚微,原因是教得不甚得法。

　　教创作靠"讲"不成。如果在课堂上讲鲁迅先生所讥笑的

"小说作法"之类,讲如何作人物肖像,如何描写环境,如何结构,结构有几种——攒珠式的、橘瓣式的……那是要误人子弟的。教创作主要是让学生自己"写"。沈先生把他的课叫作"习作"、"实习",很能说明问题。如果要讲,那"讲"要在"写"之后。就学生的作业,讲他的得失。教授先讲一套,让学生照猫画虎,那是行不通的。

沈先生是不赞成命题作文的,学生想写什么就写什么。但有时在课堂上也出两个题目。沈先生出的题目都非常具体。我记得他曾给我的上一班同学出过一个题目"我们的小庭院有什么"。有几个同学就这个题目写了相当不错的散文,都发表了。他给比我低一班的同学曾出过一个题目"记一间屋子里的空气"。我的那一班出过些什么题目,我倒不记得了。沈先生为什么出这样的题目?他认为:先得学会车零件,然后才能学组装。我觉得先作一些这样的片段的习作,是有好处的,这可以锻炼基本功。现在有些青年文学爱好者,往往一上来就写大作品,篇幅很长,而功力不够,原因就在零件车得少了。

沈先生的讲课,可以说是毫无系统。前已说过,他大都是看了学生的作业,就这些作业讲一些问题。他是经过一番思考的,但并不去翻阅很多参考书。沈先生读很多书,但从不引经据典,他总是凭自己的直觉说话,从来不说亚里士多德怎么说,福楼拜怎么说,托尔斯泰怎么说,高尔基怎么说。他的湘西口音很重,声音又低,有些学生听了一堂课,往往觉得不知道听了一些什么。沈先生的讲课是非常谦抑,非常自制的。他不用手势,没有任何舞台道白式的腔调,没有一点哗众取宠的江湖气。他讲得很诚恳,甚至很天真。但是你要是真正听

"懂"了他的话——听"懂"了他的话里并未发挥罄尽的余意，你是会受益匪浅，而且会终生受用的。听沈先生的课，要像孔子的学生听孔子讲话一样，"举一隅而三隅反"。

沈先生讲课时所说的话我几乎全都忘了(我这人从来不记笔记)！我们有一个同学把闻一多先生讲唐诗课的笔记记得极详细，现已整理出版，书名就叫《闻一多论唐诗》，很有学术价值，就是不知道他把闻先生讲唐诗时的"神气"记下来了没有。我如果把沈先生讲课时的精辟见解记下来，也可以成为一本《沈从文论创作》。可惜我不是这样的有心人。

沈先生关于我的习作讲过的话我只记得一点了，是关于人物对话的。我写了一篇小说(内容早已忘记干净)，有许多对话。我竭力把对话写得美一点，有诗意，有哲理。沈先生说："你这不是对话，是两个聪明脑壳打架！"从此我知道对话就是人物所说的普普通通的话，要尽量写得朴素，不要哲理，不要诗意。这样才真实。

沈先生经常说的一句话："要贴到人物来写。"很多同学不懂他的这句话是什么意思。我以为这是小说学的精髓。据我的理解，沈先生这句极其简略的话包含这样几层意思：小说里，人物是主要的，主导的；其余部分都是派生的，次要的。环境描写、作者的主观抒情、议论，都只能附着于人物，不能和人物游离，作者要和人物同呼吸、共哀乐。作者的心要随时紧贴着人物。什么时候作者的心"贴"不住人物，笔下就会浮、泛、飘、滑，花里胡哨，故弄玄虚，失去了诚意。而且，作者的叙述语言要和人物相协调。写农民，叙述语言要接近农民；写市民，叙述语言要近似市民。小说要避免"学生腔"。

我以为沈先生这些话是浸透了淳朴的现实主义精神的。

沈先生教写作，写的比说的多。他常常在学生的作业后面写很长的读后感，有时会比原作还长。这些读后感有时评析本文得失，有时从这篇习作说开去，谈及有关创作的问题，见解精到，文笔讲究——一个作家应该不论写什么都写得讲究。这些读后感也都没有保存下来，否则是会比《废邮存底》还有看头的。可惜！

　　沈先生教创作还有一种方法，我以为是行之有效的，学生写了一部作品，他除了写很长的读后感之外，还会介绍你看一些与你这个作品写法相近似的中外名家的作品。记得我写过一篇不成熟的小说《灯下》，记一个店铺里上灯以后各色人的活动，无主要人物、主要情节，散散漫漫。沈先生就介绍我看了几篇这样的作品，包括他自己写的《腐烂》。学习看看别人是怎样写的，自己是怎样写的，对比借鉴，是会有长进的。这些书都是沈先生找来，带给学生的。因此他每次上课，走进教室里时总要夹着一大摞书。

　　沈先生就是这样教创作的。我不知道还有没有别的更好的方法教创作。我希望现在的大学里教创作的老师能用沈先生的方法试一试。

　　学生习作写得较好的，沈先生就做主寄到相熟的报刊上发表。这对学生是很大的鼓励。多年以来，沈先生就干着给别人的作品找地方发表这种事。经他的手介绍出去的稿子，可以说是不计其数了。我在一九四六年前写的作品，几乎全都是沈先生寄出去的。他这辈子为别人寄稿子用去的邮费也是一个相当可观的数目了。为了防止超重太多，节省邮费，他大都把原稿的纸边裁去，只剩下纸芯。这当然不大好看。但是抗战时期，百物昂贵，不能不打这点小算盘。

沈先生教书，但愿学生省点事，不怕自己麻烦。他讲《中国小说史》，有些资料不易找到，他就自己抄，用夺金标毛笔，筷子头大的小行书抄在云南竹纸上。这种竹纸高一尺，长四尺，并不裁断，抄得了，卷成一卷。上课时分发给学生。他上创作课夹了一摞书，上小说史时就夹了好些纸卷。沈先生做事，都是这样，一切自己动手，细心耐烦。他自己说他这种方式是"手工业方式"。他写了那么多作品，后来又写了很多大部头关于文物的著作，都是用这种手工业方式搞出来的。

沈先生对学生的影响，课外比课堂上要大得多。他后来为了躲避日本飞机空袭，全家移住到呈贡桃园，每星期上课，进城住两天。文林街二十号联大教职员宿舍有他一间屋子。他一进城，宿舍里几乎从早到晚都有客人。客人多半是同事和学生，客人来，大都是来借书，求字，看沈先生收到的宝贝，谈天。

沈先生有很多书，但他不是"藏书家"，他的书，除了自己看，是借给人看的，联大文学院的同学，多数手里都有一两本沈先生的书，扉页上用淡墨签了"上官碧"的名字。谁借了什么书，什么时候借的，沈先生是从来不记得的。直到联大"复员"，有些同学的行装里还带着沈先生的书，这些书也就随之而漂流到四面八方了。沈先生书多，而且很杂，除了一般的四部书、中国现代文学、外国文学的译本，社会学、人类学、黑格尔的《小逻辑》、弗洛伊德、亨利·詹姆斯、道教史、陶瓷史、《髹饰录》、《糖霜谱》等兼收并蓄，五花八门。这些书，沈先生大都读过。沈先生称自己的学问为"杂知识"。一个作家读书，是应该杂一点。沈先生读过的书，往往在书后写两行题记。有的是记一个日期，那天天气如何，也有时发一点感慨。有一本书的后面写道:"某月某日,见一大胖女人从桥上过,心中十分难过。"这两句话我一直记得,可是一直不知道是什么意思。大胖女人为什么使沈先生十分难过呢?

沈先生对打扑克简直是痛恨。他认为这样消耗时间,是不可原谅的。他曾随几位作家到井冈山住了几天。这几位作家成天在宾馆里打扑克,沈先生说起来就很气愤:"在这种地方,打扑克!"沈先生小小年纪就学会了掷骰子,各种赌术他也都明白,但他后来不玩这些。沈先生的娱乐,除了看看电影,就是写字。他写章草,笔稍偃侧,起笔不用隶法,收笔稍尖,自成一格。他喜欢写窄长的直幅,纸长四尺,阔只三寸。他写字不择纸笔,常用糊窗的高丽纸。他说:"我的字值三分钱!"从前要求他写字的,他几乎有求必应。近年有病,不能握管,沈先生的字变得很珍贵了。

沈先生后来不写小说,搞文物研究了,国外、国内很多人都觉得很奇怪。熟悉沈先生的历史的人,觉得并不奇怪。沈先生年轻时就对文物有极其浓厚的兴趣。他对陶瓷的研究甚深,后来又对丝绸、刺绣、木雕、漆器都有广博的知识。沈先生研究的文物基本上是手工艺制品。他从这些工艺品看到的是劳动者的创造性。他为这些优美的造型、不可思议的色彩、神奇精巧的技艺发出的惊叹,是对人的惊叹。他热爱的不是物,而是人。他对一件工艺品的孩子气的天真激情,使人感动。我曾戏称他搞的文物研究是"抒情考古学"。他八十岁生日,我曾写过一首诗送给他,中有一联"玩物从来非丧志,著书老去为抒情",是纪实。他有一阵在昆明收集了很多耿马漆盒。这种黑红两色刮花的圆形缅漆盒,昆明有的是,而且很便宜。沈先生一进城就到处逛地摊,选买这种漆盒。他屋里装甜食点心、装文具邮票的,都是这种盒子。有一次买得一个直径一尺五寸的大漆盒,一再抚摩,说:"这可以作一期《红黑》杂志的封面!"他买到的缅漆盒,除了自用,大多数都送人了。有一回,他不知从哪里弄到很多土家族的挑花布,摆了一屋子,这间宿舍成了一个展览室。来看的人很多,沈先生于是很快乐。这些挑花图案天真稚气而秀雅生动,确实很美。

　　沈先生不长于讲课,而善于谈天。谈天的范围很广,时局、物价……谈得较多的是风景和人物。他几次谈及玉龙雪山的杜鹃花有多大,某处高山绝顶上有一户人家——这是这样一户! 他谈某一位老先生养了二十只猫。谈一位研究东方哲学的先生跑警报时带了一只小皮箱,皮箱里没有金银财宝,装的是一个聪明女人写给他的信。谈徐志摩上课时带了一个很大的烟台苹果,一边吃,一边讲,还说:"中国东西并不都比外国的差,烟台苹果就很好!"谈梁思成在一座塔上测绘内部结构,差一点从塔上掉下去。谈林徽因发着高烧,还躺在客厅里和客人谈文艺。他谈得最多的大概是金岳霖。金先生终生未娶,长期独身。他养了一只大斗鸡。这鸡能把脖子伸到桌上来,和金先生一起吃饭。他到处搜罗大石榴、大梨,买到大的,就拿去和同事的孩子比,比输了,就把大梨、大石榴送给小朋友,他再去买! ……沈先生谈及的这些人有共同特点。一是都对工作、对学问热爱到了痴迷的程度;二是为人天真到像一个孩子,对生活充满兴趣,不管在什么环境下永远不消沉沮丧,无机心,少俗虑。这些人的气质也正是沈先生的气质。"闻多素心人,乐与数晨夕",沈先生谈及熟朋友时总是很有感情的。

　　文林街文林堂旁边有一条小巷,大概叫作金鸡巷,巷里的小院中有一座小楼。楼上住着联大的同学：王树藏、陈蕴珍（萧珊）、施载宣（萧荻）、刘北汜。当中有个小客厅。这小客厅常有熟同学来喝茶聊天，成了一个小小的沙龙。沈先生常来坐坐，有时还把他的朋友也拉来和大家谈谈。老舍先生从重庆过昆明时，沈先生曾拉他来谈过"小说和戏剧"。金岳霖先生也来过，谈的题目是"小说和哲学"。金先生是搞哲学的，主要是搞逻辑的，但是读很多小说，从普鲁斯特到《江湖奇侠传》。"小说和哲学"这题目是沈先生给他出的。不料金先生讲了半天，结论却是：小说和哲学没有关系。他说《红楼梦》里的哲学也不是哲学。他谈到兴浓处，忽然停下来，说："对不起，我这里有个小动物！"说着把右手从后脖领伸进去，捉出了一只跳蚤，甚为得意。我们问金先生为什么搞逻辑，金先生说："我觉得它很好玩！"

沈先生在生活上极不讲究。他进城没有正经吃过饭，大都是在文林街二十号对面一家小米线铺吃一碗米线。有时加一个西红柿，打一个鸡蛋。有一次我和他上街闲逛，到玉溪街，他在一个米线摊上要了一盘凉鸡，还到附近茶馆里借了一个盖碗，打了一碗酒。他用盖碗盖子喝了一点，其余的都叫我一个人喝了。

沈先生在西南联大是一九三八年到一九四六年。一晃，四十多年了！

1986 年 1 月 2 日上午

瘦影

——怀梁思成先生

◎陈从周

旧游谁左说相从,初日芙蓉叶叶风;

挥手浮云成永诀,而今謦欬梦梁公。

新会梁思成教授逝世那年,我还在安徽歙县"五七干校"。我在报上见到了噩耗,想打个唁电去,工宣队不同意,我说梁教授是我老师,老师死了,不表示哀思,那么父母死了也可不管了。饶舌了许久,终于同意了。我那时正患胃出血症,抱病翻过了崎岖的山道,到了城内,终于发出了人何以堪的唁电。冬季的山区,凄厉得使人难受,偶然有几只昏鸦,在我顶上掠过,发出数声哀鸣,教人心碎。这夜没有好睡,时时梦见他的瘦影,仿佛又听到他那谈笑风生的遗音,一切都是寂寞空虚。

"无穷山色,无边往事,一例冷清清",那几天的处境,我便是在这般光景中过去。我回思得很多,最使人难忘的是一九六三年夏与梁先生一起上扬州,当时鉴真纪念堂要筹建,中国佛教协会请梁先生去主持这项工作,同时亦邀我参加。约好在镇江车站相会,联袂渡江,我北上,他南下。我在车站候他,不料他从边门出站了,我久等不至,径上轮渡,到了船上却欣然相遇了。莽莽南徐,苍苍北固,品题着缥缈中的山水,他赞赏了宋代米南宫小墨画范本,虽然初夏天气,但是湿云犹恋,因此光景奇绝。

我们在扬州同住在西园宾馆，这房间过去刘敦桢教授，以及蔡方荫教授曾住过，我告诉了他这段掌故，他莞尔微笑了，真巧，真巧。第二天同游瘦西湖，蜿蜒的瘦影，妩媚的垂杨，轻舟荡漾于柔波中，梁先生风趣地说："我爱瘦西湖，不爱胖西湖。"似乎对那开着西装的西湖有所微词了。在一往钟情祖国自然风光，热爱民族形式的学者来说，这种话是由衷的，是可爱的，是令人折服的。梁先生开始畅谈了他对中小名城的保护重要性的看法，不料船到湖心，忽然砰的一声，船舱中跳进了一条一尺多长的大鱼，大家高兴极了，舟子马上捉住，获得了意外的丰收。这天我们吃到瘦西湖的鲜鱼，梁先生说："宜乎乾隆皇帝要下江南来了。"

我们上平山堂勘查了大明寺建造鉴真纪念馆的基地，那时整个平山堂的测绘我已搞好，梁先生一一校对了。看得很细致，在平远楼品了茶，向晚回宾馆。梁先生胃纳不佳，每次用餐，总说"把困难交给别家，把方便交给自己"。意思说，菜肴太丰富，他享受不了，要我吃下去。我们便是每顿有上这样一个小小仪式。对鉴真纪念堂及碑的方案，他非常谦虚，时时垂询于我，有所讨论，我是借讨论的机会，向他讨教学习到很多东西。他开朗、真诚，我们谊兼师友，一点也没有隔阂之处。鉴真纪念碑的方案是在扬州拟就的，他画好草图，由我去看及量了石料，做了最后决定，交扬州城建局何时建同志画正图，接着很快便施工了，十月份我重到扬州，拍了新碑的照片寄他，他表示满意。

扬州市政治协商委员会邀梁先生作报告，内容是古建筑的维修问题，演讲一开始，他说"我是无耻（齿）之徒"，满堂为之愕然，然后他慢慢地说："我的牙齿没有了，在美国装上了这副义齿，因为上了年纪，所以不是纯白，略带点黄色，因此看不出是假牙，这就叫作'整旧如旧'，我们修理古建筑也就是要这样，不能焕然一新。"谈话很生动，比喻很恰当，这种动人的说话技术，用来科普教育，如果没有高度的修养与概括的手法，是达不到好效果的。他循循善诱，成为建筑家教育家，能在人们心中留下不可磨灭的印象，原因是多方面的，关键是有才华，一九五八年批判"中国营造学社"，梁先生在自我检讨会中说："我流毒是深的，在座的陈从周他便能背我的文章，我反对拆北京城墙，他反对拆苏州城墙，应该同受到批判。"天哪！我因此以"中国营造学社"外围分子也遭到批判。我回忆在大学时代读过大学丛书——梁先生翻译的《世界史纲》，我自学古建筑是从梁先生的《清式营造则例》启蒙的，我用梁先生古建筑调查报告，慢慢地对《营造法式》加深理解，我的那本石印本《营造法式》上面的眉批都是写着"梁先生曰……"我是从梁先生著作中开始钦佩这位前辈学者的。后来认识了，交谈得很融洽，他知道我了解他，知道他的生世为学等。我至今常常在恨悔气愤，他给我的一些信，"文化大革命"被抄家破毁了。如今仅存下他亲笔签上名送给我的那本《中国佛教建筑》论文了。我很感激罗哲文兄于一九六一年冬在梁先生门前为他与我合摄一影，这照幸由张锦秋还保存着一张，如今放在我的书桌上，朝夕相对，我还依依在他身旁，当然流年逝水，梁先生已做了天上神仙，而我垂垂老矣，追思前游，顿同隔世。

　　我与梁先生从这次扬州相聚后，自此永别了。我们同车到镇江候车，在宾馆中午餐，他买了许多包子、肴肉及酱菜等，欣然登上北上的火车，挥手送别，他在窗口的那个瘦影渐渐模

瘦影

93

糊不见了,谁也不能料到,这是生离也是死别。我每过镇江车站,便浮起莫名的暗淡情绪,今日大家颂梁先生的德,钦佩他的学术。我呢? 仅仅描绘他的侧面,抒写我今日尚未消失的哀思,梁先生,你永远活在我们建筑工作者的心中。清华园中,前有王静安(国维)先生,后有梁思成先生,在学术界是永垂不朽的。王先生的纪念碑是梁先生设计,仿佛早定下这预兆了。王先生梁先生,你们这对学术双星将为清华园添增无穷的光彩,为后世学子做出光辉楷范,中国就是需要这样的学者,我为清华大学歌颂之。

1986 年 3 月

文章与前额并高

◎余光中

　　自从十三年前迁居香港以来，和梁实秋先生就很少见面了。屈指可数的几次，都是在颁奖的场合，最近的一次，却是从梁先生温厚的掌中接受时报文学的推荐奖。这一幕颇有象征的意义，因为我这一生的努力，无论是在文坛或学府，要是当初没有这只手的提掖，只怕难有今天。

　　所谓"当初"，已经是三十六年以前了。那时我刚从厦门大学转学台，在台大读外文系三年级，同班同学蔡绍班把我的一叠诗稿拿去给梁先生评阅。不久他竟转来梁先生的一封信，对我的习作鼓励有加，却指出师承囿于浪漫主义，不妨拓宽视野，多读一点现代诗，例如哈代、浩斯曼、叶慈等人的作品。梁先生的挚友徐志摩虽然是浪漫诗人，他自己的文学思想却深受哈佛老师白璧德之教，主张古典的清明理性。他在信中所说的"现代"自然还未及现代主义，却也指点了我用功的方向，否则我在雪莱的西风里还会漂泊得更久。

　　直到今日我还记得，梁先生的这封信是用钢笔写在八行纸上，字大而圆，遇到英文人名，则横而书之，满满地写足两张。文艺青年捧在手里，惊喜自不待言。过了几天，在绍班的安排之下，我随他去德惠街一号梁先生的寓所登门拜访。德惠街在城北，与中山北路三段横交，至则巷静人稀，梁寓雅洁清幽,正是当时常见的日式独栋平房。梁师母引我们在小客厅坐定后,心仪已久的梁实秋很快就出现了。

那时梁先生正是知命之年,前半生的大风大雨,在大陆上已见过了,避秦也好,乘桴浮海也好,早已进入也无风雨也无晴的境界。他的谈吐,风趣中不失仁蔼,谐谑中自有分寸,十足中国文人的儒雅加上西方作家的机智,近于他散文的风格。他就坐在那里,悠闲而从容地和我们谈笑。我一面应对,一面仔细地打量主人。眼前这位文章巨公,用英文来说,体型"在胖的那一边",予以厚重之感。由于发岸线(hairline)有早退之相,他的前额显得十分宽坦,整个面相不愧天庭饱满,地阁方圆,加以长牙隆准,看来很是雍容。这一切,加上他白皙无斑的肤色,给我的印象颇为特殊。后来我在反省之余,才断定那是祥瑞之相,令人想起一头白象。

当时我才二十三岁,十足一个躁进的文艺青年,并不很懂观相,却颇热衷猎狮(Lion-hunting)。这位文苑之狮,学府之师,被我纠缠不过,答应为我的第一本诗集写序。序言写好,原来是一首三段的格律诗,属于新月风格。不知天高地厚的躁进青年,竟然把诗拿回去,对梁先生抱怨说:"您的诗,似乎没有特别针对我的集子而写。"

假设当日的写序人是今日的我,大概狮子一声怒吼,便把狂妄的青年逐出师门去了。但是梁先生眉头一抬,只淡淡地一笑,徐徐说道:"那就别用得了……书出之后,再给你写评吧。"

量大而重诺的梁先生,在《舟子的悲歌》出版后不久,果然为我写了一篇书评,文长一千多字,刊于一九五二年四月十六日的《自由中国》。那本诗集分为两辑,上辑的主题不一,下辑则尽为情诗;书评认为上辑优于下辑,跟评者反浪漫的主张也许有关。梁先生尤其欣赏《老牛》与《暴风雨》等几首,他甚至这么说:"最出色的要算是《暴风雨》一首,用文字把暴风雨的那种排山倒海的气势都描写出来了,真可说是笔挟风雷。"在书评结论里有这样的句子:

> 作者是一位年轻人,他的艺术并不年轻,短短的《后记》透露出一点点写作的经过。他有旧诗的根底,然后得到英诗的启发。这是很值得我们思考的一条发展路线。我们写新诗,用的是中国文字,旧诗的技巧是一份必不可少的文学遗产,同时新诗是一个突然生出的东西,无依无靠,没有轨迹可循,外国诗正是一个最好的借境。

在那么古早的岁月,我的青涩诗艺,根底之浅,启发之微,可想而知。梁先生溢美之词固然是出于鼓励,但他所提示的上承传统旁汲西洋,却是我日后遵循的综合路线。

朝拜缪思的长征,起步不久,就能得到前辈如此的奖掖,使我的信心大为坚定。同时,在梁府的座上,不期而遇,也结识了不少像陈之藩、何欣这样同辈的朋友,声应气求,更鼓动了创作的豪情壮志。诗人夏菁也就这么邂逅于梁府,而成了莫逆。不久我们就惯于一同去访梁公,有时也约王敬羲同行,不知为何,记忆里好像夏天的晚上去得最频。梁先生怕热,想是体胖的关系;有时他索性只穿短袖的汗衫接见我们,一面笑谈,一面还要不时挥扇。我总觉得,梁先生虽然出身外文,气质却在儒道之间,进可为儒,退可为道。可以想见,好不容易把我们这些恭谨的晚辈打发走了之后,东窗也好,东床也罢,他是如何地坦腹自放。我说坦腹,因为他那时有点发福,腰围可观，纵然不到福尔斯塔夫的规模，也总有约翰孙或纪晓岚的分量，足证果然腹笥深广。据说，因此梁先生买腰带总嫌尺码不足，有一次，他索性走进中华路一家皮箱店，买下一只大号皮箱，抽出皮带，留下箱子，扬长而去。这倒有点世说新语的味道了，是否谣言，却未向梁先生当面求证。

梁先生好客兼好吃，去梁府串门子，总有点心招待，想必是师母的手艺吧。他不但好吃，而且懂吃，两者孰因孰果，不得而知。只知他下笔论起珍馐名菜来，头头是道。就连既不好吃也不懂吃的我，也不禁十指欲动，馋肠若蠕。在糖尿病发之前，梁先生的口福委实也饫足了。有时乘兴，他也会请我们浅酌一杯。我若推说不解饮酒，他就会作态佯怒，说什么"不烟不酒，所为何来"，引得我和夏菁发笑。有一次，他斟了白兰地飨客，夏菁勉强相陪。我那时真是不行，梁先生说"有了"，便向橱顶取来一瓶法国红葡萄酒，强调那是一八四二年产，朋友所赠。我总算喝了半盅，飘飘然回到家里，写下《饮1842年葡萄酒》一首。梁先生读而乐之，拿去刊在《自由中国》上，一时引人瞩目。其实这首诗学济慈而不类，空余浪漫的遐想；换了我中年来写，自然会联想到鸦片战争。

梁先生在台北搬过好几次家。我印象最深的两种梁宅，一在云和街，一在安东街。我初入师大（那时还是省立师范学院）教大一英文，一年将满，又偕夏菁去云和街看梁先生。谈笑及半，他忽然问我："送你去美国读一趟书，你去吗?"那年我已三十，一半书呆，一半诗迷，几乎尚未阅世，更不论乘飞机出国。对此一问，我真是惊多喜少。回家和我妻讨论，她是惊少而喜多，马上说："当然去!"这一来，里应外合势成。加上社会压力日增，父亲在晚餐桌上总是有意无意地报导："某伯伯家的老三也出国了!"我知道偏安之日已经不久。果然三个月后,我便文化充军,去了秋色满地的爱奥华城。

从美国回来,我便专任师大讲师。不久,梁先生从英语系主任变成了我们的文学院院长,但是我和夏菁去看他,仍然称他梁先生。这时他又迁至安东街,住进自己盖的新屋。稍后夏菁的新居在安东街落成,他便做了令我羡慕的梁府近邻,也从此,我去安东街,便成了福有双至,一举两得。安东街的梁宅,屋舍俨整,客厅尤其宽敞舒适,屋前有一片颇大的院子,花木修护得可称多姿,常见两老在花畦树径之间流连。比起德惠街与云和街的旧屋,这新居自然优越了许多,更不提广州的平山堂和北碚的雅舍了。可以感受得到,这新居的主人在"家外之家",怀乡之余,该是何等的快慰。

六十五岁那年,梁先生在师大提前退休,欢送的场面十分盛大。

翌年,他的终身大事——莎士比亚戏剧全集之中译完成,朝野大设酒会庆祝盛举,并有一女中的学生列队颂歌:想莎翁生前也没有这般殊荣。师大英语系的晚辈同事也设席祝贺,并赠他一座银盾,上面刻着我拟的两句赞词:"文豪述诗豪,梁翁传莎翁。"莎翁退休之年是四十七岁,逝世之年也才五十二岁,其实还不能算翁。同时莎翁生前只出版了十八个剧本,梁翁却能把三十七本莎剧全部中译成书。对比之下,梁翁是有福多了。听了我这意见,梁翁不禁莞尔。

这已经是二十年前的事了。后来夏菁担任联合国农业专家,远去了牙买加。梁先生一度旅寄西雅图。我自己则先旅美两年,继而去了香港,十一年后才回台湾。高雄与台北之间虽然只是四小时的车程,毕竟不比厦门街到安东街那么方便了。青年时代夜访梁府的一幕一幕，皆已成为温馨的回忆，只能在深心重温，不能在眼前重演。其实不仅梁先生，就连晚他一辈的许多台北故人，也都已相见日稀。四小时的车程就可以回到台北，却无法回到我的台北时代。台北，已变成我的回声谷。那许多巷弄，每转一个弯，都会看见自己的背影。不能，我不能住在背影巷与回声谷里。每次回去台北，都有一番近乡情怯，怕卷入回声谷里那千重魔幻的旋涡。

在香港结交的旧友之中，有一人焉，竟能逆流而入那回声的旋涡，就是梁锡华。他是徐志摩专家，研究兼及闻一多，又是抒情与杂感兼擅的散文家，就凭这几点，已经可以跻列梁门，何况他对梁先生更已敬仰有素。一九八〇年七月，法国人在巴黎举办抗战文学研讨会，大陆的代表旧案重提，再诬梁实秋反对抗战文学。梁锡华即席澄清史实，一士谔谔，力辩其诬。夏志清一语双关，对锡华跷起大拇指，赞他"小梁挑大梁"！我如在场，这件事义不容辞，应该由我来做。锡华见义勇为，更难得事先覆按过资料，不但赢得梁先生的感激，也使我这受业弟子深深感动。

梁实秋的文学思想强调古典的纪律，反对浪漫的放纵。他认为革命文学也好，普罗文学也好，都只是把文学当作工具，眼中并无文学；但是在另一方面，他也不赞成为艺术而艺术，因为那样势必把艺术抽离人生。简而言之，他认为文学既非宣传，亦非游戏。他始终标举安诺德所说的，作家应该"沉静地观察人生，并观察其全貌"。因此他认为文学描写的充分对象是人生，而不仅是阶级性。

黎明版《梁实秋自选集》的小传，说作者"生平无所好，唯好交友、好读书、好议论"。这三好之中的末项，在大陆时代表现得最为出色，所以才会招惹鲁迅而陷入重围。季季在访问梁先生的记录《古典头脑，浪漫心肠》之中，把他的文学活动分成翻译、散文、编字典、编教科书四种。这当然是梁先生的台湾时代给人的印象。其实梁先生在大陆时代的笔耕，以量而言，最多产的是批评和翻译，至于《雅舍小品》，已经是四十岁以后所作，而在台湾出版的了。《梁实秋自选集》分为文学理论与散文两辑，前辑占一百九十八页，后辑占一百六十二页，分量约为五比四，也可见梁先生对自己批评文章的强调。他在答季季问就说："我好议论，但是自从抗战军兴，无意再作任何讥评。"足证批评是梁先生早岁的经营，难怪台湾的读者印象已淡。

一提起梁实秋的贡献，无人不知莎翁全集的浩大译绩，这方面的声名几乎掩盖了他别的译书。其实翻译家梁实秋的成就，除了莎翁全集，尚有《织工马南传》、《咆哮山庄》、《百兽图》、《西塞罗文录》等十三种。就算他一本莎剧也未译过，翻译家之名他仍当之无愧。

读者最多的当然是他的散文。《雅舍小品》初版于一九四九年，到一九七五年为止，二十六年间已经销了三十二版；到现在想必近五十版了。我认为梁氏散文之所以动人，大致是因为具备下列这几种特色：

首先是机智闪烁，谐趣迭生，时或滑稽突梯，却能适可而止，不堕俗趣。他的笔锋有如猫爪戏人而不伤人，即使讥讽，针对的也是众生的共相，而非私人，所以自有一种温柔的美感距离。其次是篇幅浓缩，不务铺张，而转折灵动，情思之起伏往往点到为止。此种笔法有点像画上的留白，让读者自己去补足空间。梁先生深信"简短乃机智之灵魂",并且主张"文章要深,要远,就是不要长"。再次是文中常有引证,而中外逢源,古今无阻。这引经据典并不容易,不但要避免出处太过俗滥,显得腹笥寒酸,而且引文要来得自然,安得妥帖,与本文相得益彰,正是学者散文的所长。

最后的特色在文字。梁先生最恨西化的生硬和冗赘,他出身外文,却写得一手道地的中文。一般作家下笔,往往在白话、文言、西化之间徘徊歧路而莫知取舍,或因简而就陋,一白到底,一西不回;或弄巧而成拙,至于不文不白,不中不西。梁氏笔法一开始就逐走了西化,留下了文言。他认为文言并未死去,反之,要写好白话文,一定得读通文言文。他的散文里使用文言的成分颇高,但不是任其并列,而是加以调和。他自称文白夹杂,其实应该是文白融会。梁先生的散文在中岁的《雅舍小品》里已经形成了简洁而圆融的风格,这风格在台湾时代仍大致不变。证之近作,他的水准始终在那里,像他的前额一样高超。

1987 年 4 月于西子湾

我的老师伍叔傥先生

◎钱谷融

　　我经常深切怀念着我的老师伍叔傥先生,他是我一生中给我影响最大的一个人。伍先生是蔡元培先生当校长时的北大学生,与傅斯年、罗家伦等同时。1938年我考入了当时内迁到重庆的中央大学,读的是新成立的师范学院国文系。一年级时不但没有本系的教师,连系主任都没有,只能与文学院中文系的学生合在一起听课。到二年级时,当时任中央大学校长的罗家伦才请了伍先生来担任我们的系主任。伍先生很开明,颇能继承蔡元培先生兼收并蓄的精神。他自己是爱好汉魏六朝文学的,戏说他治的是"衰"文(苏东坡曾称韩愈"文起八代之衰"),尤其善写五古。可他请教员,却能尽量罗致各方面的人才。先后在我系任教的有罗根泽、孙世扬、顾颉刚、乔大壮、朱东润等人。更其难得的是,中央大学中文系一向是比较守旧的,只讲古典文学,不讲新文学。新文学和新文学作家,是很难进入这座学府的讲堂的。可伍先生完全不管这一套,我还在校的时候,他就请了曹禺等人来教课,请了老舍来演讲。我离校以后,他又请了杨晦、吴组缃、吴世昌等人来任教。伍先生曾在中山大学与鲁迅同过事,一向很敬佩鲁迅先生。听说他离开大陆后,一度曾去日本教书,教的课程中就有鲁迅。他懂英文,有时去他房间,看到他手里拿着正在读的往往是英文小说。还知道他常通过日本的丸善书店从国外购买书籍。他与外文系的楼光来、范存忠、俞大缜等先生时相过从，与历史系的沈刚伯，哲学系的方东美、宗白华等教授，往来尤其密切。平日跟我们闲谈，也常常是古今中外，出入文史哲各个领域，真是海阔天空，鱼跃鸢飞，其乐无穷。完全没有那个时代一些教古典文学的中文系教授那种严肃古板、道貌岸然的神气。

他那时孤身一人，住在一间十分简陋的教员宿舍里。他不愿吃包饭，一日三餐，都是在馆子里吃的。好在那时教授的工资高，他又除了有时候要寄些钱给外地的两个孩子以外，没有什么别的负担。有时他上馆子吃饭的时候，也常拉我陪他一起吃，而且常常一同喝些酒。他喝酒不多，主要是为了助兴开胃。吃饭时，当然也是无所不谈，但他都只是即兴式的，随随便便地想到哪里就谈到哪里，从来没有预先存心要对我进行什么教育，更绝不摆老师的架子；甚至他连他是先生我是学生这样的观念也十分淡薄。他真率、自然，一切都是任情适性而行。他不耐拘束，厌恶虚伪。有时讥评起国民党的达官贵人和一些喜欢装腔作势、沽名钓誉的学者教授来，真是妙语如珠，穷形尽相，入木三分。师范学院国文系有一门必修课叫语文教学法，也许是因为一时请不到合适的人来教，也许是在他的心底里根本瞧不起教学法之类的课程，他就自己来开这门课。他在这门课上讲什么呢？讲《文心雕龙》，正正经经地讲《文心雕龙》。决不因为这门课程的名称是语文教学法，就生拉硬扯地在每堂课的开头或结束的时候搭上一点有关教学法的话头或事例，去装门面骗人，应付学校。他仰慕魏晋风度，却从不把魏晋风度挂在嘴上，可平日举止，确乎能比较地脱落形骸、适性而行。尽管所谓魏晋风度，即便是当年的竹林名士以及稍后的清谈胜流，在显幽烛隐的"科学的"解剖刀下，也难免会露出些不堪入目的本相来。伍先生自然也未必真能超然物外，胸无纤尘。但在那举世滔滔、满目尘嚣的黑暗年代，确有一些读书人能够耿介自守，不肯同流合污，为社会保存一点正气，这不也是大可令人欣慰的事吗？伍先生就是这些读书人中的一个。所以，他在学生们的心目中，不但十分可敬，而且是可亲可爱的。

我作为伍叔傥先生的弟子，由于年龄差距太大，我当时在各方面都太幼稚，无论对于他的学问，对于他的精神境界，都有些莫测高深，不能了解其万一。不过他潇洒的风度，豁达的襟怀，淡于名利、不屑与人争胜的飘然不群的气貌，却使我无限心醉。我别的没有学到，独独对他的懒散，对于他的随随便便、不以世务经心的无所作为的态度，却深印脑海，刻骨铭心，终于成了我根深蒂固的难以破除的积习，成了我不可改变的性格的一部分了！

哭俞老师①

◎施叔青

一

昨天下午，听到消息，我只是不信，不过，谁会开这种玩笑呢？我还是拿起电话，一经证实之后，脑子里只是一片空茫。赶到老师家，一切情形依旧，老师最得意的书架，依然紧贴着墙，站在那儿，每一扇门紧闭，看守住老师心爱的书。书桌收拾得很洁净，案头依然摆着老师喜欢的小摆饰，一个缅甸的彩画漆盘，还是我送给老师的，里头搁了几枚回纹针，盒子上压了一个白瓷的印泥盒。老师平常坐的椅子现在歪在一边，似乎是早晨走的时候十分匆忙，推开椅子站起来，就出去了，反正是去一下，就要回来的。

老师不是临走前，还叮嘱师母下午去洗个头，换好衣服等他回来接出去吃晚饭的吗？老师最要好的朋友夫妇从香港要来，晚上为他们接风。

师母是洗好了头，老师却是已经看不到了。

从没有一个人像老师一样，他活着的方式是那么地使我

---

① 此文为悼念俞大纲先生而写。

感动。他是以一种太洞彻世情的、知天命的心怀，不是昂然，可也一点不委屈地活着。老师平实得令人心折地过着人世的每一个时刻，没有逃避，唯有诚恳，更时而童心地来对待生命。老师永远肯定下一天的价值，他并不太感伤地咏叹过去的荣光。

我做过老师一篇没发表的平剧访问稿，结尾我写道："有关平剧的诸种问题，就到这儿告一段落。我在想也许下一篇访问，应该请俞老师谈谈他的艺术绘画观，因为对于挂在他书房的那幅画，俞老师敏锐特殊的感受力，极为令我叹服。他指着画中喂奶的母亲，说是何以母亲的臂弯、胸怀全是渲染成青蓝色，她是忧郁的，然而因为母亲抱婴的胸怀濡湿着母爱，所以裙摆底下，都因着爱力而染成了一片温馨的粉红。

不久前，老师听了马友友的大提琴演奏，他告诉我他这才懂得为什么西洋人把音乐放在艺术层次的最高。老师形容马友友的演奏，好像使人的肌肤一寸一寸浸到水里，最后整个身体泡在水中那种舒服的感觉。

老师凭着他敏锐的对美的感受力，长年来他一直过着细致的心灵生活，老师更将各种艺术：绘画、音乐、舞蹈、戏剧、建筑等融合为一，贯通使用，他又遍读文史经书等知性的文化史学，老师学识的庞博精深，使得想跟他学的学生茫然，而不知从何追索。四年半来，我听老师谈论最多的戏曲，只不过是老师所知所感的一个小小的部分，致使我在写这篇文章时，为自己所要说的不能代表老师学识、风骨于万一而深深地感到惶恐，更为自己没能听取老师更广泛的指点而惋惜。此时此景，我只能自欺地安慰自己，好在老师虽是跟我们讲说平剧，他其实是抓住了中国文化的根，道出了中国人的人生宇宙观，以及音乐、舞蹈、诗词、建筑等广面的东西。说得也是,有哪一种艺术可以跟戏剧一样,综合了那么多东西呢?

自欺归自欺,只是以后再碰到了不能解答的疑难,我要找谁问去?以往一遇见百思不得解,或者是思绪混乱成一团,不知从何下手想问题,我跑到怡太的办公室,老师总会在那儿,只要我一开口,老师是本活字典,他会把握重点,去掉不必要的枝节阻碍,告诉我应该从何着手去思考、去读书。两个星期前,我请老师到"棕榈"吃午饭,提及我正在找点有关宋元剧场的文章,才知道资料有多难找,不仅是没有断句的古书看得迷迷糊糊的,有时翻遍了一大部书,看得头昏眼花,往往找不到一行可以用的材料。现在才晓得老师是如何不吝地把他所知所看到的知识和我分享。以往写那些有关平剧的文章,全是"问"老师问出来的,有时甚至用不着问,而是老师自动强迫推销。

老师见我十分灰心,他明知我不是坐图书馆做学问的料子,还是慈和地安慰我,他说反正有关宋元戏剧的书,就那么几本,找起资料来还不至于太难。接着他提起笔,在牛皮纸的大信封上,以他细小的字迹为我开了份书单,并告诉我哪里可以买到、借到这些书。

二

其实我会知道去看宋元杂剧的书,还不是老师的指点。近日我正在改写一篇写得很不满意的旧文,是有关歌仔戏的剧团组织。我记得以前隐约听老师提过,他说台湾这种流浪的酬神野台歌仔戏,和宋时衡州搏府的戏班子极为类似,也是临时搭的露天棚子，宋人称这种戏班为"路歧"。

老师这句话提醒了我，于是我计划把歌仔戏的剧场和伶人的组合的情形直溯到宋元古例，资料的收集当然成了问题。此后我会照着老师的书单去研读，只是不懂的地方，要找谁解答？

我想我们这几个年轻人，在现阶段里，只能算是中国文化的初学者，也是因为老师的良苦的用心和无私的教示，我们才能稍微摸到一点边。在台湾土生土长的这一代，尽管焦急地想对自己的文化有所认知，往往徒有热情，却不得其门而入，我们空喊回归，却因为对于那块古老的大地太过陌生，以致不知何去何从。

然而，毕竟我们却要比一般年轻人幸运得多，因为我们有了老师。老师是传统和现代的连接者。他自己也曾戏言：

"我的双脚踩在传统里，我的头是现代，中间是我自己，把上下连接起来。"

就这样，经由老师口中，那一个僵死冷硬或者只是塞满了空洞的伦理、抽象的玄学的古老中国，慢慢地回暖复苏了，我们仿佛来到一片平实、坚定的大地，站在上面，心中第一次充满了笃定自信的感情。

是老师，他伸出他的手，让我们缘着它，走向成长。

三

聆听老师讲述中国的文化，每一次都给予我一个新鲜的震颤，使得对知识的吸取犹如饥渴的我，每次都是怀着朝圣的心情去的。今年年初，我在做歌仔戏田野调查，想就"扮仙"的敷演，写点宗教和戏剧的关系的文章，我想找出前人有关这方面论述的文字看看，却苦于遍寻不得。老师利用一顿午饭的时间，把道教对中国历代民间的影响，由古至今做了一个简明扼要的叙说。他强调道教在中国社会所扮演的角色不容忽视，以致如何被用到戏剧来扮演，反映了老百姓祈福驱邪的愿望。宗教和民间戏曲的关系，密不可分，老师还特别举出台湾的北管子弟戏的"扮仙"为例。

才一顿饭的工夫，我竟然学到这许多，简直连自己也不敢相信，肚子为兴奋和知识所撑饱，竟然不觉得饿。对着那一碗冷了的土鸡面，我无以下咽。

四

算算日子，老师走了九天了，可是，我还是不愿接受老师已经去了的事实。前天路过怡太旅行社，原本想要推门而入，像往常一样，又怕老师不坐在书桌前迎着我而不敢进去。我想到几年前第一次找老师。四年半前，在纽约看了一出《秋江》，使我下了决心，回来研究平剧的象征动作，由于老师的指点，使我免走了许多不必要走的冤枉路。一开始，老师要我对平剧旦角的动作，做一个系统的研究，先从比较接近生活的花旦做起，以"拾玉镯"为例，分析孙玉姣在戏中赶鸡、做针线、和小生傅朋眉目传情的动作，将它分类纳入属于心理反应的动作，或只是生理的操作的象征动作。

研究写成之后，给老师看，他笑着告诉我，说我适合文学创作。我听懂了老师的意思，在《拾玉镯》一文，以及其他有关中国戏剧的论述，我都是充分地用自己的想象力，很文学而抒情地来诠释一些需要证据的问题,至于坐图书馆翻书,全不是我的兴趣所在。因此,老师特别欣赏我在探讨孙玉姣这个角色时,把她从黑暗的屋里迈出有阳光的外面的动作,解释为她是企图挣脱礼教世俗束缚的家,迎向有希望和梦在阳光下滋长的另一个世界。

老师把我对花旦的做工分析,却反而一言不提,原本想继续接着做青衣水袖、刀马旦的刀枪动作的计划,也就搁浅了。

我还是零零散散地看些中国戏剧的剧本,把想不通的问题记下,找老师解答。记得有次问他,读了几出元杂剧后的一个感想,如"合汗衫",把一个陌生人引了进来,却造成一家人的妻离子散的悲剧。老师当下并没回答我。几天后,我们去馆前路一家现在已经关闭的素菜馆吃中饭——老师一向喜欢吃素斋——他突然说,他把我的问题想过,中国人极端保守,从建筑的结构就可以看出是十分防卫性的,农业社会一向十分封闭,对于外来的闯入者在恐惧之余,多半不受欢迎,认为外来的力量具有侵略性,甚至足以造成摧毁一个村子、一个宗族的导火线。元杂剧的"合汗衫"正是反映了中国人疑惧外来者的心态。

我想老师那时已经开始思索有关建筑和中国人的宇宙观、审美观等诸种问题。果真在今年年初,老师到台大的一次演讲,他以中国剧场的方形舞台为题,引申了以农立国的中国先民,由于亲于大地、尊天的感情,产生了"天圆地方"的观念。这个观念大大地影响到建筑的方形结构,以及美学看法。中国人对于方形的亲切感,表现在建筑的,是四合院的平面延伸,舞蹈、戏剧的动作,也因亲于大地,无不从平面发展。

模拟生活和反映群众心声的中国剧场的舞台,异于希腊的扇形剧场,是方形的。那次演讲,有一张幻灯片,拍的是典型台湾家庭的正厅,这正是中国住屋建筑的堂屋,中间供桌上供着祖先牌位、神明佛像,两旁一对公婆椅,左右两个门通往里间,这不正是一个剧台?我这才知道老师以前要我帮他拍一张台湾古老家庭的正厅的用意。

五

再也找不到像您那么关爱学生的老师了。

今年年初,中国文化学院国剧组的同学,在艺术馆演北管子弟戏,终场后我在门口迎上老师,他正要上车,一手扶着车门,转过身来叮嘱道:"你写一篇文章吧!最怕戏演过了,也就完了。"

回到郊区的家,已是深夜,老师来电话(他最喜欢深夜打电话了,特别是看完一场比较精彩重要的平剧演出、舞蹈表演,甚至一次演讲之后,老师回到家,一定来电话先问我的观感,然后是我来听老师长达几个小时深入的批评)。这天晚上,老师又一次提及要我写文章的事。

"你来写蛮适合的,你不是一直在搞歌仔戏这些乡土的戏曲?趁这机会,弄起一些波潮,不要一下断了,无声无息地过去,多可惜,再激起一个浪花,可就不容易了。"

老师大意是这么说的。我懂得他对民间戏曲的关切,也了解他对我在这一方面的期盼,我很听话地坐了下来,试着写点东西。只是在书桌前坐了好几个早晨,却不知从何下笔。正为无法向老师交代所苦,突然,一个意念触动了我,灵安社在妈祖庙广场前演野台戏,有一位七十高龄,背着照相机,挤在人群中看戏的老观众,当时我曾经多么地为他感动过,尤其是他牺牲了午觉的休息,看完午戏他说晚上还要来。

"不来怎么行?同学们需要鼓励!"他说。

对,何不写篇关于老师的,几年来他在中国民间戏曲上所花的苦心,总算开了一朵小花,我更想出了一个俏皮的题目"记一位子弟戏的老观众"。还记得演野台戏的那天下午,才午后一点钟,从戏棚子往下看,借用宋人的形容,台下只是一片"人旋涡",好不容易,在人行过道上,找了个位置,老师坐在摇摇晃晃的破椅子上,好快乐地和我边看戏边谈。他似乎最关心观众们的反应,好几次倾身向前,要我问坐在两旁的老阿伯们,他们觉得哪一段精彩,好在哪里?我问过之后一一翻译……现在极力回想,老师当时的表情似乎在笑,站在不太明亮的街口笑着,一定又是笑出那一脸慈和。

老师的确是走了,那天中视的录影,老师原本答应要来,结果,录影棚里却找不到老师的影子,那一只本来属于老师坐的竹椅,上面空空的,任凭我们再等,老师是不会来的了。

老师啊,您怎么这样就走了呢?您知道我们还有好多好多的事要做,您不是说为了我们鹿港古老风貌的研究,您要去一趟鹿港?下星期二我们就要下去,老师,请您一起来吧!没有您的支柱,我是什么也做不成的啊!

5 月 11 日老师火葬日

老树婆娑

——怀念胡山源师

◎袁鹰

一株枝干崔巍的老树，霜皮溜雨，黛色参天。前三四十年有过绿荫如盖的辉煌期；中间遭遇二三十年风吹雨打，坎坷零落；待到冬尽春来，重又被人发现，远近景仰，却已老境婆娑，终于仍是在寂寞中走完人生的最后路程。

也许山源先生自己的暮年心境未感到寂寥，并未处于超然物外的隐居生涯中。老人依旧关注当代文坛，一九七九年后，陆续写了不少文章，追怀故友，回溯往事，提供几十年前鲜为人知的文学史料；他也依旧关怀后辈，殷殷询问，接待来访，这种拳拳心意，从他给许多友人、弟子（包括笔者在内）的信里可以感受到。他的真诚、热情，一如往昔。

我第一次见到山源师是一九四三年秋季进入大学的第一堂国文课上，一位中年教授潇洒地走进教室，中等身材，穿湖色长衫，圆圆脸，架一副细边眼镜。他拿起点名册，一一认清全班同学，然后随便地开口说了一段话，大意是：

"今天第一天上国文课，认识了各位同学，我很高兴。以后我们就要常常在一起切磋国文和文学了。我叫——"

说着，转身在黑板上写下三个字：胡山源。

四十五年过去，第一堂国文课的情景依然历历在目。这个不寻常的见面式使我这刚刚走进高等学府的人感到十分惊奇。山源先生当时是海上久负盛名的文学家，长篇小说《散花寺》、《魍魉》等陆续在刊物上连载，还出版了十几本其他作品和译著，又主编过《申报》副刊《自由谈》。一位文坛前辈，对年轻同学却如此亲切随和，不脱文人本色，完全不是我想象中的大学教授的派头。

我们那所大学，是原杭州的之江大学和苏州的东吴大学留在上海的部分教师联合创办的，当时称华东大学，抗日战争胜利后才各自恢复原校名。我们教育系，由林汉达先生主持，他是一位教育的革新派，从教材到教法上都做了些革新的尝试。山源先生五四前入之江大学，由于参加五四运动受到停学处分。现在又回之江任教，同汉达先生大约也是志同道合吧。

果然，他在第一堂课上就阐述了语文对修身养性的功能和文学的社会价值。他鼓励大家多阅读中外古今名著，多练习写作。他说大学国文课的作用是辅导和帮助同学自我阅读和写作，而不在于逐课讲解。他的国文课，就这样地讲下来，好像那学期并没有固定的课本，而是选了一些名篇，让大家阅读和分析。山源师尤其注重要大家多写，他从具体的每一篇习作中，根据每个同学各自的接受能力和表现能力进行指导。这种教法，对我这个自中学起就喜欢文学的人，特别感到兴味盎然。

有一次下课后，山源师悄悄递给我一个信封。拆开一看，小小的信笺上有八行小诗，写的是青年人寻求理想和友谊。没有题目，没有署名，却包含了一个明确的邀请：某月某日（星期日）下午在愚园路 608 弄集英中小学举行茶话会。我按时前往，见到山源师，才知道他就住在这所学校。他热情招呼说："你第一次来，大概跟在座的朋友都不大认识，慢慢会熟悉，他们都是喜欢文学的青年朋友。"

并不宽敞的操场上用课桌拼成三排，陆续到了四五十人，大多是比我大几岁的二三十岁的青年。我只认识华东中文系的几位同学，他们也不全认识到会的人，猜想其中不少是当时的青年作家。他们指出其中的两位女作家：汤雪华和施济美。我也顺便知道他们是一个文学青年的团体，名叫"愚社"——不知同愚园路有无关系？记不清主持茶话会的是谁，反正不认识，他说今天是愚社的一次聚会，目的还是联络感情，切磋文艺，大家随便地、自由地谈天，这个宗旨，倒很有点像山源先生三十年代初创办的文艺刊物《弥洒》的特色："无目的无艺术观不讨论不批评而只发表顺灵感所创造的文艺作品的月刊"，也就是鲁迅在《中国新文学大系·小说二集序》中指出的"即是一个脱俗的文艺团体的刊物"了。

然而，山源先生在茶话会上的即席发言，却分明鼓励青年人要有朝气，在任何恶劣环境中都要保持积极乐观的精神和进取心。他的话不多，看起来平平常常，并无多少艰深的道理和格言警句，但在沦为日本侵略者占领区的上海，大家都能听出弦外之音，因而都露出会心微笑，并且以热烈的掌声表示赞同。茶话会上请了一位大学教授讲话，这位教授可能满腹经纶，但那一口湖南话实在难懂。他讲的大约是创作和人生观的关系，我们只听出他说的"脱以死他"就是托尔斯泰，其余的都不知所云了。

茶话会进行时，两位愚社负责人手提一个纸盒，说为了表达对山源先生的敬意，特赠送一份薄礼，边说话边走到山源先生身边。山源先生以为是一盒点心，连忙辞谢，却因小女儿坐在膝上，站不起身。小女儿嚷着要看看盒子里是什么好吃的东西，不料打开盒盖，一只鸽子扑腾腾凌空而起，霎时飞向高空，于是全场欣然，山源先生和女儿也哈哈大笑。

我并没有参加愚社其他活动，但此后倒也结识了几位比我年长的青年作家。比如沈毓刚兄，前两年我们通信中还提及愚园路那次盛会。他同山源先生交往较多，亲身受到过提携和帮助的，他曾写过文章纪念。有朋友告诉过我，山源先生虽然在文艺界交流甚广，历来主张以文会友，却很少为他熟悉的青年作者向报刊介绍稿件。这一点我有切身体会。我曾将一些习作送山源师请教，他都不嫌稚拙，耐心地指出缺点，他认为还可以的，从不代为转给他那些编副刊和杂志的朋友，而是鼓励我自己去投稿，去闯。只有一次，他说周瘦鹃先生编《紫罗兰》，需要稿件，问我手边可有写成的，那已是我到集英任教之后，我那篇稿件也是请同在集英教书的周先生的女儿周玲小姐带回去，并未经山源师之手。一九六二年我在苏州拜访瘦鹃先生，他已不大记得二十年前的事，但他说："山源不轻易替别人转稿，免得朋友为难，这是他为人的可贵处。"

我是一九四三年底经山源师介绍到集英任教的。胡师母方培茵先生在那里担任校长。他们的子女高虹、高雁、高华都在那里就读。下课后，常看到他们一家人融融泄泄，怡然地共享天伦。高华是最小的妹妹，尤受父母钟爱。高虹、高雁如今都是五十以上的人，一在安徽，一在家乡江阴林场，只有高华陪母亲仍在上海，承父母之业，当老师。他们如果回想四十多年前旧事，当会感到那虽是生计艰难的黯淡岁月、却仍是值得纪念的美好童年吧？

山源师只教了一年的国文，我于一九四五年初离开集英，从此见面就少了。抗战胜利后我们仍旧住在上海，也仍旧常在报上读到他的新作，往来却不多。新中国成立以后，听说他已离开上海去外地任教，我们就失去了联系。一晃三四十年过去，等到再通音讯，山源师已届耄耋之年，隐居江阴故里，潜心著述，以惊人的毅力，补写和重写在十年动乱中散佚的长篇旧作。原先盼望他能来北京参加中国作协第四次代表大会（他是特别代表），由于体衰多病，行动不便，终于未能如愿。看到江苏、上海报刊上陆续发表有关老人近况的消息，感到十分欣喜。南京师大编印的《文教资料简报》上刊登的山源师近影，更得以重睹尊颜，神采依然，哪像是九十高龄的人呢？南京的杨郁等同志，编集有关山源先生创作资料，辛勤奔走，多方搜求，不遗余力，使人感佩。作为曾受业于山源师门下的我，却没有为老师出多少力，很是惭愧。山源师三年前给我一信，托我们设法为他的《屈辱廿一年》寻个出路，也因种种原因未能实现。而且直到他去世，我竟不曾去江阴拜见一面，实在是终生遗憾了。

1989年5月24—25日

落帆的印象

◎刘纳

猩红夕阳的映照下,白色的船帆徐徐降落。

生命之舟停泊了。

承负着常人难以耐受的深哀大痛,收藏好生命的船帆,像"夸父在追逐西下的太阳",他踏上了寻梦和寻路的精神行旅。在一个个幽深的夜,孤灯独对,他领受了"孤独沉思者的寂寞","统驭着一切奔放和激荡"。在想象的托举下,他体验到另一样的生命律动,他眼前呈现出另一样的生命景观,古与今交接,梦与真交叠。伴着云涌的幻想和蜂聚的联想,"他撷取梦幻直奔向灵魂深处"。那里有"对自身的搏斗和鞭捶",有对生命力量的整饬和提升,有"苦苦的挣扎"和"超脱的企望"。

这是唐老师的《落帆集》。

写作《落帆集》时,唐老师还年轻。

"在未老之前他经历了死。"——"沉思使'故我'死去。"

现在他真实地经历了死。

船帆在夕阳的映照下降落,再不能迎着橙红的朝阳扬起。

半个世纪以前,唐老师描述过"死亡之国"的故事。它遥远,"经过人海,经过地狱,也经过阿修罗道",方能到达。那里刮着"萧萧"的"悲风",那里展开着"填满了宇宙"的"浩气"。

在那里仍须体验"痛苦"和"血腥",在那里仍可以"重温""人世的旧梦"。

假如真有这样一个去处多好。

但死后的世界毕竟是真正的虚空。

唐老师的四十本书还在。《落帆集》还在。

唐老师去世之后,有好几个夜晚,我在读《落帆集》,并且写关于《落帆集》的论文。使我惭愧和追悔的是,唐老师已经去世了,我才第一次认真地读这本书。我寻索他当年的心迹,体味诗情怎样在深不可测的静默中滋长。我在他的带领下迎接古代人物与神话人物的光临,我随他一起去蕲求"人生的真"和"存在的意义"。这是与诗的一次接近——是去接近诗的内质和诗的生命,也是与唐老师的一次接近——是去接近他年轻时候的诗性的心灵。

在唐老师生前,我和他没有这样接近过。

一九七八年,在已经不适合做学生的年龄,我又做了学生——是唐弢老师的研究生。

他似乎不习惯于"老师"的身份。我这样感觉着。

有一次,我到唐老师那里,当时正有一位客人在座。唐老师对客人介绍我:"这是我的——"下面的"学生"二字他竟没有一下子出口,停了停,笑着对我点点头:"我就不客气了。"这才转向那客人说:"这是我的研究生。"

唐老师说:"我就不客气了。"可是,他实在太客气了。

直到后来,他几次在文章里提到我和我的同学,竟也没有出现"学生"的字样,而是称作"我的年轻朋友"、"和我联系较多的年轻学者"。所谓"年轻",当然是以他自己的年龄做尺度比较而言。

"写文章怎么教呢?"唐老师这样说过。

但他有一本书叫作《文章修养》,曾经成为很多青年习作者的入门读物。唐老师把这本书送给我的时候,说过:"这本书我是不随便送人的,"他笑笑,"好像要教人家写文章了。"

唐老师对我们的指导都是以商量的口气说出的。他不说"一定"怎样、"要"怎样,而只说"最好"怎样。而且往往还加上一句:"你们不一定要按我说的去写。"

唐老师很希望我们扎扎实实地打下做学问的根基:从阅读当年的刊物开始,用几年工夫,掌握第一手材料。在记忆里,"扎扎实实"这四个字,听唐老师说过好几次。

唐老师自己,是在扎扎实实地做学问。

他在晚年开始了《鲁迅传》的写作。为了写出一部真正体现"鲁迅的精神和气质"的鲁迅传记,他搜集整理了大量资料,对清末民初的社会情况、文界风气进行了深入的考察。即使极细小的具体问题,他也不肯马虎。他写得很慢、很艰难,殚精竭虑,惨淡经营。在将思想形诸文字的过程中,他用心益苦,反复推敲,反复修改。尚未完成的《鲁迅传》的每一个字,都凝集着他的巨大劳动。

他赋予写作这种工作以令人起敬的尊严感和崇高感。

在一九八九年春天写的一篇短文里,唐老师描述了自己的生活:"我这个人时间概念很淡薄,早晨起来,便坐到桌子边,开始'爬格子',有人叫我吃饭,胡乱吃了一点,又坐到桌子边,继续'爬格子'。天天如此,月月如此,年年如此。"

他就这么一天一天、一年一年地写着。他曾经说过"疲倦了"的话,但实际上还是不倦不怠地写下去。

五十多年前的一个雪夜,在无底无边的寂静中,他看见一双眼睛——他的已经过世三年的父亲的眼睛。

眼睛说:"你应该好好地用你的力,而且……"

他回答:"我知道,而且好好地用我的脑。"

"还有……"眼睛苞出了泪水,而后,泪水化作了娇艳鲜红的血。

血水照耀着他。在血光下,写作成为他战斗的事业和生命的寄托。

几十年就是这样过来的。

对唐老师来说,用"心血"写文章不包含形容夸张的成分,而成为了他人生的真实。

死亡已经几次拽住他,而后又放手了。他奇迹般地生还。

有一次,我说:"您今天精神真好。"唐老师提起了李健吾先生的死:"坐着,坐着,就过去了。"他说,"心脏的毛病,不好说的。有时候看上去很好,一下子就不行了。"

生命的船帆随时可能永远地降落。

写到这里,我好像看见一条顽强的船,扬着半落的帆,"在漩水里窜滚,盘旋",在狂飙和豪雨里挣扎,以生的意志,践着"载梦的小舟"向前。这也是唐老师在半个世纪前描绘过的。

又有一次,唐老师到所里来。我向他问起《鲁迅传》的进展,他没有回答我,却认真地说:"你到七十岁的时候,可不要搞这样大的项目。"但当时我不在意地笑起来,我说:"唐老师,我肯定活不到七十岁。"

过后回想起唐老师凝肃的神情,才警悟到他所说的不是一句玩笑话,其中包含着他这些年来不胜负荷的沉重。

但是,假如他能再有一次生命,假如他能有重新选择的机会,他一定仍然不会希图一个恬适无忧的晚年,他一定还会不倦不怠地写下去。

唐老师写得很苦,他总说自己从没有一挥而就的时候。

苦苦地写作又成为他最珍爱的人生状态。

当他静静地坐在书桌前,浸沉到工作的韵律中,生命的丰满性才得到最宽阔的体现。外表上沉默、清明的静态下,心智生活正蓬勃地展开。情感奔腾,思想奔突,心绪奔流。生命的动感就隐藏在默默的静态中。

"你不看见隐藏在这原野下面的一片大地吗? 它是那么平静、朴厚、结实,默默地运转着运转着,然而包含在这地面底下,紧裹住地心的却是一团融融的火,一种亘古不变的热力。"——这也是《落帆集》里的句子。用它们来描述工作中的唐老师自己,再恰当不过了。

在他,学生环绕和儿孙环绕都不如独自面对着书和纸。

"快过年了,又要乱几天了。"唐老师曾这样无奈地说。

唐老师还曾这样对我说:"你们这几个人很照顾我。"他指的是我们尽量少去打扰他。

在没有什么具体的事的情况下,我觉得自己不该去消耗唐老师的时间。但"照顾"得过了头,就变成缺少礼数。这十几年里,逢年过节我竟从来没有去看望过唐老师。

唐老师不在乎这些。

蓝棣之在悼念唐老师的文章中说:"有时候我甚至于感觉到他的肚量大得不好理解,好像他根本就不在乎谁是他的学生。"

我又想起了《落帆集》里的句子："因为我的心是泥土做成的"，"心是田野"。田野一般的心有田野一般广阔的肚量。

　　一九八四年初，所里曾安排我做唐老师写作《鲁迅传》的助手。

　　唐老师早就表示过希望我能做他的助手，但当真这样安排了，他又非常犹豫。当时的领导找我谈话时说："唐老师不愿意影响你自己写文章。"

　　那次派给唐老师做助手的，还有两个比我年轻的同志。唐老师亲自复写了《鲁迅传》的内容提要和章节设计分发给我们。

　　但一个月之后，唐老师终于对我说："本来我很希望你能帮我几年，但是一想到你的年龄，我又觉得这样安排不恰当。四十岁的人再不写自己的东西，什么时候写呢？"

　　现在回想起唐老师的这些话，我依然和刚听到时一样感动。他的永远那么慈和的眼光和那么笃厚的微笑也从记忆里凸显出来。处处替别人着想，唯恐对不起人，这是唐老师待人处事的准则。对谁都是这样。这使我还想到他的客气绝不同于客套，他的洵洵然、蔼蔼然的态度出自本性的善良宽厚。

　　在那一个月里，实在没有做什么事，却领受了唐老师不少声"谢谢"。口头的不说，只那一个月他写给我的两封信中，就留下了三个书面的"谢谢"，这是我想起来就愧怍的。

　　一九八六年，唐老师让我将以前写的一些论文结集，由他介绍到他家乡的出版社。出版社表示希望有唐老师的一篇"序"。在那倡扬"主体性"的年头，我其实觉得没有序更好些。但我拗不过出版社，于是给唐老师写了一封信，大意是：我早已知道您自去年起便有不再为人作序的声明，所以本不该向您提这样的要求，但想请您向出版社疏通一下，免了这篇序。几天以后，我收到唐老师的回信。信中说："你的文集，论理，我是应当写一点什么的。只是，诚如来信所说，自去年年初起，我说明不再作序。"接着，他列出了先后谢绝作序的七八本书的作者和书名。又说，已经按照我的要求，给出版社总编写信，看能不能不要序，只是"后果如何，尚难予必"。对这样一件小事，唐老师也是用心斟酌过的，他又写道："我寄出信以后，又觉得这样做似乎也不合适。不知你心中有没有别的可以执笔的对象，由我出面代为约写？如有，我可以试试。"唐老师这样考虑，已经十分周到了，可是信中竟还有"尚祈勿罪"的话。

这是我迄今为止唯一得以出版的一本书，虽然上面没有唐老师的序，我仍然把它看作师生关系的一个纪念。

就在唐老师最后一次病重之前，有人向他谈起我的处境，他表示难过。唐老师让人带话给我，倘若有他的序能促使出版社接受我尚未出版的书稿，他愿意给我写一篇。我想起他前些时给我的信中写过的话："我病情尚稳定，但常感疲乏，精力大不如前，传记怕完不成，思想负担很重。"我不忍再去增加他的负担，再说，我也不敢指望有了唐老师的序便能出书。

五十多年前，唐老师曾描绘过一颗"心"，它化作"绛红的小鸟"，正飞越"无边的原野"和"无际的沙漠"。

"因为要解放一丛被压在岩石下的小草，费了悠长的岁月，啄去岩石；因为要指引一群迷途的羔羊，费了悠长的岁月，领到洞穴。无间于大小，无分于高下，它爱护着活跃的生命，它包庇着善良的灵魂，但是，它啄尽了自身的尸肉。"

在唐老师的最后十几年里，这只由"心"变化而成的"绛红的小鸟"一定时常盘旋在他的精神天空。

身心已经撑持不住，他还是撑持着，"啄尽自身"，去做许多本可以不做的事。他勉为其难地参加各种活动，他勉为其难地还着还不清的文债。时间和生命就在许许多多的勉为其难中过去了。他也曾想躲避干扰，集中精力完成《鲁迅传》，他也曾有过无奈的慨叹："文学所快成纪念所，研究员快成纪念员了。"但他依然还是一件件事地做下去。他不愿冷了人家的热情，不愿拦了人家的期望，不愿却了人家的面子，也是觉得人家找他做的都是些有意义的事，于是，"无间于大小，无分于高下"，他拖着重病的身体，尽着自己对社会对文学的责任。

那是一九八九年五月，在香山。

明媚的春天的阳光下面，我正和两个人侃着当官和发财，忽然发现唐老师已经站在我身旁。

我看到了他惊愕的神色。

但唐老师笑着说："你要能做官，我是高兴的。"其实他也知道我绝对不是当官的材料。

我那天所说的，还包括对文字工作的调侃和揶揄，我猜想唐老师也听到了。这使我不安。

十四年前，当我报考唐老师的研究生的时候，"唐弢"不仅是一个著名作家和学者的名字，而且向我显示出对人生做出某种选择的可能性。而现在我清楚地知道，我不可能成为唐老师那样的人。这不单因为我无法获得他那样深厚广博的学养，也在于我已经不能像他那样体认文学研究工作的崇高性质。

我甚至设想过，倘若你学着用唐老师那样温文客气的态度待人,那如果不是带有玩笑性,便一定透着假。唐老师那种与笃厚宽仁的禀性相牵连的风度不是能通过学习获得的。

记得那次唐老师不要我做他的助手时,表示了对我的希望:"你抓住现代文学的一个方面深入研究下去,到五十岁时,就能成为这个方面的专家。"七八年过去了,且不说"专家"于我有多遥远,尤其使我愧对唐老师的是,"专家"二字对我已经没有什么吸引力了。

不过,我那些调侃和揶揄文字工作的话只有在唐老师面前是不敢说也不愿说的,他以全部生命所赋予写作的庄严感使我不能去亵渎他心中至重至圣的东西。

以后还会有唐老师这样的人吗?

还会有他这样嗜书如命而又洒脱无私的藏书家吗?

还会有他这样涉猎极广的作家兼学者吗?

还会有他这样文雅而温厚的文人风仪吗?

我产生这些疑问,是因为我没有在现年六十岁以下的人身上发现过唐老师这样的生命形象。

与唐老师的遗体告别的那天,我忽然怀恋起古老的丧仪:缓缓行进的白色队伍,天上翻滚着白色的纸雨,地下铺洒出白色的道路。让连天彻地的白色遮掩住幽明异途的残酷,只留下纯净如诗、邈远如梦的洁白的怀念。

那天很冷。

我眼前又出现了美丽的白色落帆。

1992 年

一个小学生的怀念

——白尘师周年祭

◎范用

白尘老师！您离开我们就要一年了。在这期间，怀着悲痛的心情，我又读了您的文选、剧作集和尚未结集的回忆录，您给我的二三十封书信（您的信，哪怕一封短简，都写得端端正正，一笔不苟），回忆起许多往事，无尽的思念。

跟您在一起的时候，十分开心，您讲话总是那么风趣，跟您的文章一样。您的剧本，尤其是喜剧、讽刺剧，每每引起观众大笑，或者会心的微笑，笑和泪混合在一起。在这方面，您也称得上是语言大师。

在您跟前，我感到十分亲切温暖。一九三六年十四岁那年，我头一回见到您，您就跟我开玩笑："唷，小把戏，像个小姑娘。"本来嘛，小孩子在陌生的大人面前，免不了有点腼腆。不过这一来，我的紧张心理消失了。加上您说话带点儿苏北口音，我这个镇江人听起来，格外亲切。

那时候，我还不懂什么是"作家"，只晓得您是位有学问的先生。听说您坐过牢，我好奇，从未见过"共党嫌疑犯"，想看看是什么样子。

当然我不好意思问什么，您倒盘问起我：喜欢玩吗？打不打架？爱看书吗？看些什么书？还问：喜不喜欢看戏（文明戏)？看电影、唱歌？就像老熟人，一点没有大人的架子。

我一五一十照说。我说，我读过您的剧本和小说(后来编在《小魏的江山》、《曼陀罗集》和《茶叶棒子》里)。还说，您是南国社的，叫陈征鸿。您大为惊奇，睁大了眼睛。其实我是听一位小学老师说的，他有一本《南国月刊》，我看了。

那时，我对文明戏已经不感兴趣，演员的夸张动作，"言论正生"长篇开讲，有点受不了。南京国立剧专到镇江演出话剧《狄四娘》、《视察专员》(果戈理的《钦差大臣》改编的)，使我大开眼界，尤其是舞台装置，前所未见。到台上演演戏的想法，在我的头脑里萌生，您大概看出了这一点。

您还看出我爱看闲书，杂七杂八的书，爱看小说，爱读剧本，送给我一部《复活》，是耿济之翻译、商务印书馆出版的，封面上印有"共学社"几个字。这部小说震撼了我幼小的心灵，托尔斯泰的人道主义思想感染了我，十分同情被侮辱被损害的玛丝洛娃，为她流了不少眼泪，我憎恨那个虚伪的贵族地主少爷聂赫留朵夫。一九三七年冬天，我逃难都带着老师送我的这部小说，后来一位同事借去，弄丢了，我还着实难过了好些日子。

您回到上海，订了一份《作家》月刊给我看，还寄来鲁迅先生主办的刊物《海燕》。有一本《小说家》月刊，也是您寄给我的，上面有小说家座谈记录，提介新人创作。这一下我来了劲，不管三七二十一，不问行不行，大胆地写了起来。

我写了一篇题为《教室风波》的短篇小说(准确说是篇速写)寄给您，不久，在上海的一本刊物上登了出来。如今想不起刊物的名字，是本跟救亡运动有关的半公开刊物。

那时，政府不准讲抗日，我写小学生拒用东洋货铅笔，闹出一场风波。我把校长写成反面人物,其实我的小学校长并不是那种人,是虚构的。我怕校长看到不高兴,产生误会,没有投寄当地日报副刊。当然还不至于像现在动不动要告你,请你吃官司。

老师!就这样,您不断鼓励我、引导我练习写作,给我打气,可我不是这块料,又不肯下功夫,辜负了您的期望。

演戏我倒蛮有兴趣,大概是觉得好玩吧。我和同学们组织了一个"镇江儿童剧社"也得到您的鼓励与支持。我们演了三个话剧:《父归》、《洋白糖》(洪深、凌鹤等集体创作)以及您用墨沙笔名发表在《文学》月刊上的《父子兄弟》,演出地点在伯先公园讲演厅。

前年,读您的回忆文章《漂泊年年》,知道早在一九二九年,您和左明、赵铭彝在镇江组织"民众剧社",也演过《父归》,而且也是在伯先公园演讲厅。还在上海,南国社演《父归》,您演二哥,即菊池宽原作中的新二郎,而我在儿童剧社,演的也是新二郎,都是巧事。

一九八三年,随阳翰老四川访问,旅中我跟您谈起《父子兄弟》,您告诉我,这个剧本实际上是田汉写的,当时他被捕,刊物不能用田汉的名字发表,才由墨沙顶替。怪不得,您的剧作集里没有《父子兄弟》,查《田汉文集》,也不见,没有人知道这件事了。

田汉先生在"文革"中被残酷迫害致死,至今已经二十几年,尸骨无存,骨灰匣里并没有骨灰。他和您都是中国话剧运动的先驱,以笔为武器,以舞台为阵地冲锋陷阵,并肩作战,您同"田老大"的"黑帮"关系,够您交代的。人民不会忘记你们,历史是最公正的,我相信。

您写信告诉儿童剧社:不要光演大人的戏,小孩子应当演儿童剧。您寄来了许幸之的两个儿童剧:《古庙钟声》和《最后一课》,还特地写了《一个孩子的梦》独幕剧。印成书,前面有一篇长长的《代序——给我的读者》,开头是这样的:

　　"亲爱的读者:你今年十几岁? 几年级? ——我们谈谈好吗? ——唔! 别绷着脸,我们做个朋友吧。告诉你:别当我跟你们老师一样,是个又高又大的大人;来,比比看,我跟斧子样高哩! 今年,我小学还没毕业呐! 来,这儿是铁手,我们握着。

　　"好了,谈吧——你想读这本《一个孩子的梦》么? 慢着,先让我们谈谈。"

　　于是,您就谈心、讲故事那样,跟小朋友谈了许多许多,真有味。末了,您要小朋友:

　　"请你写封信来,我们永远做个朋友。另外,我还预备一件礼物送给你——我的通信处是:

　　上海,静安寺路,斜桥弄,读书生活出版社转陈白尘收。"

　　我们收到这三个剧本,高兴得跳起来,马上排练,准备暑假演出。没等到这一天,卢沟桥炮声响了,神圣的抗战开始了,儿童剧社改为街头宣传演活报剧,演了《扫射》,好像也是您赶写出来的,是讲日本侵略军在上海屠杀中国老百姓的。

　　在《一个孩子的梦》这个戏里,小学生高喊出:"打倒日本帝国主义!"(书上只能印成"打倒某某帝国主义!")排练的时候。我们一遍又一遍高呼口号,说不出的痛快,到现在我还想得起来同学们激动的样子。现在年轻人、小朋友难以想象,在"救国有罪"的年代,在公开场合喊这个口号多不容易。你要抗日? 哼! 你是思想"左倾",是"受共党煽动,危害民国"。沈

一个小学生的怀念

钧儒、邹韬奋、李公朴等"七君子"就因为这个吃官司，关进监牢。

当年，为什么小娃娃演戏，有人愿意掏钱买票看？现在回想起来，可能出于爱国心。儿童剧院公演的收入，全部捐给了傅作义二十九军，支援绥远抗战。在民族存亡之际，同仇敌忾，老百姓不甘心做亡国奴，拥护救亡运动，何况是小孩子们的爱国行为。除此，老师之所以给予我们鼓励，可能还有一个原因，希望小演员将来成为大演员，参加到演剧行列中来。

有意思的是，下一年，一九三八年，我在汉口找到的饭碗，就是出版《一个孩子的梦》的出版社——读书生活出版社，也就是后来的三联书店，您说巧不巧？这碗饭我一直吃到退休。吃这碗饭有顺心的时候，也有倒霉的时候，有开心的时候，也有苦恼的时候；还有"莫名其妙"（我们小孩子的用语，您懂得），始终弄不明白"什么是什么"。"曾经深爱过，曾经无奈过。""谁能告诉我？"老师！真想跟您谈谈这几十年！

您有了第一个孩子，从上海寄给我一张他满月的照片，说是我的弟弟。是的，是我的弟弟，尽管后来始终未见过一面。不幸的是，五十年代他在留苏学习期间早逝，如果还在，现在也有六十岁了。他的照片我保存至今。

"八·一三"以后，您组织影人剧团到重庆、成都演出。您写了一个又一个剧本，演出轰动了大后方。到抗战胜利前后，您的剧本，包括电影剧本，达到您创作的顶峰，给中国话剧运动史增添了光辉的一页。在复杂的社会、政治环境中，您主持剧社，显示了卓越的组织才能。我既读剧本，又看演出，得到极大的满足。

我告诉同事，陈白尘先生是我的老师，甚为得意，而您也认可了。后来，一九八三年，在成都的一个座谈会上，您当众用四川话说了一句："范用是我的学生。"阳翰笙、葛一虹、戈宝权、罗荪、凤子先生在座，他们一定奇怪：白尘怎么会有一个干出版工作的学生？我当时也用四川话说："学文不成，学戏又不成，我这个学生愧对老师。只能说在做人方面没有丢老师的脸。"今天我要再说一遍，以告慰老师在天之灵。

抗战八年，胜利前后，您在党的领导下，办剧社，编报纸，还有文艺界协会工作，团结了许多作家和剧人影人。在反对独裁、争取民主的斗争中，您成了国民党特务的眼中钉，可他们又不敢拿您怎样，他们造谣，说您是"中共江苏省委书记"，要组织暴动。江青这个混账东西和她的走卒，把您说成"黑线"上的，诬蔑您是叛徒，进行疯狂的迫害，还搞了个"中央专案组"审查，要置您于死地，还不是因为您知道她的老底子的缘故。国民党反动派没能做的，披着共产党外衣的"四人帮"做到了。

一九四七年在上海因《文萃》一案，我被"中统特务"抓去，关押在亚尔培路二号，与陈子涛同志同一囚室。子涛跟您，还有黎谢先生在成都办《华西晚报》，特务捣毁报社，子涛奋不顾身抵抗，保护排字房，遭到特务毒打。他逃到重庆，我们相识，两年后成了难友。子涛这次被捕，屡次受刑，英勇不屈，终遭杀害，与骆何民、吴承德同为"文萃三烈士"。如今雨花台有他们的墓，只是是空的，据说子涛是被装在麻袋里投入大江的。

子涛嘱咐我于获释后向您汇报《文萃》被敌人破坏的经过，我到狄思威路您家中详细谈了。又按照子涛说的，买了两包香烟托看守送进去，他就知道已经见到您。此时已是黎明之前，漫漫黑夜快到尽头，白色恐怖达于极点，风声日紧，您工作很紧张,处境危险,我十分担心您的安全。

新中国成立以后,您到北京工作,彼此都忙,难得见上几面。每次见到您,您还是用鼓励的、期盼的眼光看我,仿佛我还是当年的"小把戏"。虽然已经风风雨雨,运动一个接着一个,可都还想多做一点工作。我在出版方面有了为老师效劳的机会,如您所说:"《宋景诗历史调查记》是你我合作的第一本书。"

我期待您写的电影《鲁迅传》与观众见面,几年下来,没有下文,内中原因不得而知,担心被"枪毙"了。去年读陈虹的《父亲的故事》一文,才明白那时您已处于窘境,写作"如履薄冰","不寒而栗,战战兢兢地过日子",以"但求工作上无过,不求创作上有功"为座右铭。可悲也夫!

"文革"期间,我们都失掉了自由,成了"黑人",进了"牛棚"(北京叫"黑洞")。前不久,金铃师母来京,给我读了您冒着危险、偷偷写下的《牛棚日记》,才知道您所受的非人待遇,我欲哭无泪!在这种情况下,您还是那么泰然,那么冷静。您在日记中一再写道,"我作为一个共产党员……"真是"死不悔改"。可是光有信念不行,人毕竟是血肉之躯,实在受不了的时候,难免会有一了百了的念头。幸好,您挺过来了。我那时也是这么想的:绝不能轻易地做殉葬品,无论如何要活下去,一定要亲眼看到黑暗势力的灭亡!

愿世人都读一读您的《牛棚日记》。否定不等于忘却。巴金先生倡议建立"文革博物馆"不能实现,那么先建立在人们的心上吧。《牛棚日记》将成为"文革"丑恶历史的见证,长留人间。

在那黑暗的日子里,我有幸见到老师一面。有一天,"造反派"恩准我取东西,我溜到东总布胡同口小酒店打酒,正排着队,感到有人在轻轻地捅我的腰,回头一看,原来是老师您也来打酒。您示意不要交谈,一不小心,会有人揭发(我就被同院的人告密过),被安上"反革命串联"的罪名,真是恐怖世界! 我看到老师身子还好,心头为之一宽。这一天,闷头酒我多喝了一盅,默祷老师平安!

一九六九年九月,我们被驱赶到咸宁"五七干校",成了"同学",别人是"五七战士",我们是"监督劳动"。在"战天斗地"的日子里,能够活下来就算大幸,还有什么盼头,前途茫茫,谁也不知道命运如何。我在汀泗镇烧石灰,您在"向阳湖"当"鸭司令",仍然见不上面,仍然不敢来往。后来您写了一本《云梦断忆》,详细记下了这一段苦难的日子。有家归不得,"向阳湖"成了"望乡湖"!

一九七九年第四次文代会,才又重见老师。《读书》杂志编辑部请南京、上海部分代表跟李一氓、夏衍先生在一起吃了一顿饭。那次会开得很成功,因而这顿饭吃得很愉快,我又见到老师谈笑风生,人们真的以为文艺的春天来临。第二天,氓老派人送来一条幅:"文酒足风流,杯倾松鹤楼,何时摇画舫,一夜到苏州。(甲子冬夜沪宁旧友聚饮松鹤楼系以小诗,范用兄实主其事,宁博一笑)"可见老人心情之舒畅。转眼十几年,氓老、夏公、您先后都走了,不胜怆然!

后来,收到您寄来话剧《大风歌》稿本,我为老师重又执笔而欣喜。三联书店出版作家回忆录,希望文学前辈都给后人留下一本,白尘先生当然也在其列。您接受了我的请求,一九八四年九月二十日来信告诉我:

"我有个秘密计划,如果《童年》可读,则拟续写《少年行》,

写初中到一九二八年离开学校止,再后写青年、中年以及老年时代,亦即三年流浪、三年狱中生活、上海亭子间、抗战前后、新中国成立后十七年等生活,以后接上《断忆》、《听梯楼》,共七八册,形成系列的生活回忆(但我避免叫《回忆录》这一名称)性的散文,算作对人世的告别。(话剧我是没精力写了!)但这秘密从未告诉别人,因为是否写得成,是否能出版(如写十七年等),均不可知也,现在从远处写起,是避难就易之策。"

看得出老师写作情绪很好。这样,陆续印出了《云梦断忆》、《寂寞的童年》、《少年行》这几本,等到《漂泊年年》写成,我退休了,此事告搁浅。但我认为这一项工作必须完成,要紧的是抓紧时间写出来,出版总归有办法,并非所有人都盯着钱,都是浅识之辈。为此,我一再写信催促,车辐兄去南京,还拜托他和老师进言,是否找一个助手,如爱徒李天济?一九九一年二月,收到老师的来信:

"我那本回忆录你还耿耿于怀,大可不必的。我自己从两年前生病,即已心灰意冷,搁下笔来了。自问非名人,没有人等着看它,何必自作多情?再说卧病以来,头脑终日昏沉,除少数朋友通信外,几不能执笔矣!写信也只能每日一封,多则头脑发昏不已。盖两年来耳聋眼花,腿硬如木,垂垂老矣!

"令外孙女的作文,其妙无比。她每一句话都是真实的。'你说他怪不怪?'我说你也真怪,退休了,该享清福了,偏要找事做,何苦呢?新的出版社也未见得能扭转乾坤的。

"但我内心里还是感激你的,而我只能请你原谅了。"

读信,我的鼻子酸了,几乎落泪。"垂垂老矣!""几不能执笔矣!"病中作书笔迹依然那么清逸,那么工整。

老师!不是我找事做,只是想做完该做的、未了的工作,求得心安。老师以为我闲下来"处境不佳",反而劝慰我。

这部回忆录终于未能写完,成为憾事。可以告慰老师的是,陈虹已在整理父亲的遗著,包括这部"告别人世"的回忆录。我向她建议,把已经写成的,已发表和未发表的,以及《牛棚日记》、《听梯楼随笔》集为一卷,如夏公《懒寻旧梦录》那样一本,交付出版。

"莫等闲白了少年头",如今,我也老了!可是在您的面前,我永远是小学生,一个不及格的小学生。您的深情厚爱,学生永久铭记在心!

魂兮归来,白尘老师!

抗战胜利五十周年,乙亥清明

王瑶先生杂忆

◎赵园

　　一九八九年岁末,随师母护送王瑶先生的骨灰回京后,理群兄来约写纪念先生的文字,我只觉得内心枯河般的,是洪水过后的一片沙碛。然而时间总能疗救创痛的。"回忆"亦如京城三月漫天黄尘中的新绿,渐渐又在心头滋生。关于先生,终于可以写稍多一点的文字了,虽然仍不能尽意。

　　先生于我,并非始终慈蔼。平原兄的纪念文章中提到,先生对子女和弟子"从不讲客套","不止一个弟子被当面训哭"。我就曾经是被先生的威严震慑过的他的学生。一九七八年重返北大,先生的那一班研究生中,被他一再厉声训斥过的,我或许竟是唯一的一个。待到有可能去体会那严厉中包含的"溺爱",已是我再次离开北大之后。而在当时,却只是满心的委屈,还真为此痛哭过几回。直到毕业前,先生似乎都不能信任我组织"论文"的能力。有次在校园里遇到他,关于论文题目一时应答不好,竟被他斥责道:连题目都弄不好,还怎么作论文! 那里正是北大后来颇有名的"三角地",人来人往的所在。当时我必定神色仓皇,恨不能觅个地缝钻进去的吧。在护送先生骨灰回京的列车上,我才由闲谈中得知,先生当初是表示过绝不招收女研究生的。我突然想到,那时的先生听别人说起我的委屈和眼泪,是否也为他终于收下了这个女弟子而后悔过？

作为导师，先生自然有他的一套治学标准，有时在我看来近于刻板。比如他对"论文"规格的强调，我就并不佩服，以为太学院气了。因而即使在毕业之后，看到黄裳先生挖苦"论文"的文字，仍然忍不住兴冲冲地摘了来，嵌在自己论文集的后记里。然而我应当承认，先生的"那一套"，对于训练我的思维与文章组织，是大有益处的。毕业后继续这个方向上的自我训练，其成绩就是那本《艰难的选择》。这应是一本"献给"先生的书，虽然书上并没有这字样，甚至没有循惯例，请先生写一篇序。

我并不打算忏悔我对于先生的冒犯——那是有过的，在几经"革命"、破坏，古风荡然无存之后。我这里要说的是，即使时至今日，我也仍然不能心悦诚服于他震怒时的训斥。在我看来，这震怒有时实在不过出于名人、师长的病态自尊。先生在这方面也未能免俗。而他过分严格的师弟子界限，时而现出的家长态度，也不免于"旧式"。五四一代以至五四后的知识分子，有时社会意识极新而伦理实践极旧，这现象一直令我好奇。因而在先生面前聆教时即不免会有几分不恭地想：我永远不要有这种老人式的威严。然而于今看来，如先生这样至死不昏聩，保持着思维活力和对于生活的敏感，又何尝容易做到！

正是在北大就读的最后一段时间及离开北大之后，我与我的同学们看到了这严于师生界限、有时不免于"旧式"的老人，怎样真诚地发展着又校正着自己的某些学术以及人事上的见解、看法。"活力"，即在这真正学者式的态度上。而严于师生分际的先生，对于后辈、弟子的成绩，绝不吝于称许。毕业之后，我曾惭愧地听到他当众的夸赞，更听到他极口称赞我的同伴，几近不留余地。他一再地说钱理群讲课比包括他自己在内的几位老先生效果好，用了强烈的惊叹口吻；说到陈平原的旧学基础与治学前景时，也是一副毫不掩饰的得意神情。我从那近于天真的情态中读出的，是十足学者的坦诚。正是这可贵的学者风度、学人胸襟，对于现代文学界几代研究者和谐相处、共存互补格局的造成，为力甚巨。我相信，十余年间成长起来的"新人"，对此是怀着尤为深切的感激之情的。

我已记不大清楚是由什么时候起，在他面前渐渐松弛以至放肆起来的。对着不知深浅放言无忌的自己的学生，先生常常含着烟斗一脸的惊讶，偶尔喘着气评论几句，也有时喘过之后只磕去了烟灰而不置一词。然而先生自己也像是渐渐忘却了师生分界，会很随便地谈及人事，甚至品藻人物，语含讥讽。他有他的偏见、成见，我不能苟同；行事上也会有孤行己意的固执。但我想，这也才是活人的爱恶吧。我还留心到即使在彼此放松、交谈渐入佳境后，先生也极少讥评同代学者，这又是他的一种谨慎，或曰"世故"。先生并不属于"通体透明"的一类——我不知道是否真的有过以及目下是否还会有这类人物。先生是有盔甲的。那俨乎其然的神气，有时即略近于盔甲。在一个阅历过如此人生，有过这样的经历的人，这正是再自然不过的事。但先生最令人印象深刻的，毕竟又是他"丢盔卸甲"的那时刻。坦白地说，我乐于听先生品评人物，即因为这时最能见先生本人的性情。而先生，即使有常人不可免的偏见，却更有常人所不能及的知人之明。记得某次他对我说，有时一个人处在某种位置上，就免不了非议，并不一定非做了什么。我于是明白，对于先生，有些事，已无须乎解释了。还听说先生最后参加苏州会议期间，私下里谈到一位主持学术刊物编务的同行，说，他"完成了他的人格"，在场者都叹为知言。据我所知，先生与那位同行，私交是极浅的。

常常就是这样，先生信意谈说着，其间也会有那样的时刻，话头突然顿住，于是我看到了眼神茫茫然的先生。我看不见那眼神深处，其间亘着的岁月与经验毕竟是不可能轻易跨越的。然而那只如电影放映中的断片。从我们走进客厅到起身离去，先生通常由语气迟滞到神采飞扬，最是兴致盎然时，却又到了非告辞不可的时候。我和丈夫拎起提包，面对他站着，他却依然陷在大沙发里，兴奋地说个不休。我看着他，想，先生其实是寂寞的。他需要热闹，尽兴地交谈，痛快淋漓地发挥他沉思世事的结论，他忍受不了冷落和凄清。天哪，"文化大革命"中的那些日子，这位老人是怎样熬过来的！

"文革"中先生处境极狼狈时，我曾一度和他在一起。那已是"清队"时期，教员被分在学生班上，甚至住进过学生宿舍。他即在我所在的文二（三）班，北大中文系有名的"痞子班"——"痞子"二字，是当年被我们洋洋得意地挂在口头的。我目睹过对先生的羞辱，听到过他"悔罪"的发言，还记得班上一两个刻薄的同学模仿他的乡音说"恶毒攻击"一类字眼的口气。我曾见到过他在"革命小将"的围观哄笑中被勒令跳"忠字舞"的场面；也能记起他和我们一道在京郊平谷县山区远离村庄的田地里干活时，因尿频而受窘，被"小将"们嘲笑的情景；他与另一位老先生拖着大筐在翻耕过的泥土中蹒跚的样子，还依稀如在眼前。为了这段历史，我在"文革"后报考他的研究生时，着实惴惴不安了一阵子。我虽然未曾有幸跻身"小将"之列，但与先生，毕竟处境不同，也确实不曾记得当年对他有过任何亲切的表示。重回北大后与他的相处中，偶尔听他提及与我同班的某某，说："我记得他，他是领着喊口号的。"语调轻松自然，甚至有谈到共同的熟人时的亲热。我终于明白了，他已将我所以为不堪的有些往事淡忘了。在累累伤痕中，那不过是一种轻微的擦伤而已。他承担的，是知识分子在那个疯狂年代的普遍命运——先生大约也是以此譬解的。

却也有屡经惩创而终不能改易的。谈起先生，人们常不免说到他的"世事洞明，人情练达"，他的社会的、人生的智慧，他的深知世情，以至深于世故，我却发现，某些处世原则，先生其实是能说而并不怎么能行的，比如他的"方圆"之论——外圆内方、智方行圆之类，我总不禁怀疑这是否适用于对他本人的描述。这或者只是他的一种期待罢了，譬如《颜氏家训》的诫子弟勿放佚，譬如嵇康的教子弟谨愿。听先生说到他在某次会议上因发言不讨好而不获报道，听他谈论某位骨鲠之士，听他谈他所敬重的李何林先生，他的友人吴组缃先生，都令人知道他所激赏的一种人格。性情究竟是自然生成，不容易拗折的。

但我也的确多次听到他告诫我以"世故"。这与"知行"一类问题不相干，也无关乎真诚与否。或许应当说，这也出于真诚的愿望，愿他所关爱的人们更好地生存。我因而相信他的本意绝非在改造我的性情。临终前的半年里，几次当老泪纵横之时，他仍谆谆叮嘱我慎言，"不要义形于色"。我默默承接着那泪光闪闪的凝视，领受了一份长者对于后辈的深情。

中国式的书生，往往自得于其"迂"。先生的魅力，在我看来，恰在他的绝不迂阔。其学术思想以及人生理解的一派通脱，或正属于平原兄所谓"魏晋风度"的？先生以身居燕园的学者,对于常人的处境、困境、琐屑的生计问题,都有极细心周到的体察,绝不以不着边际的说教对人。他没有丝毫正人君子者流的道学气。他的不止一位弟子,在诸如工作安排、职称、住房一类具体实际事务上,得到过他的帮助。这种不避俗务,也应是一种行事上的大雅近俗吧。

有一个时期,他也曾为我的职称费过神,令我不安的是,似乎比我本人更焦急。每遇机会,即提之不已。我曾在筵宴的场合,看到所里的头头面对先生追问时的尴尬神情。我也曾试图阻止他,倒不是为了清高,而是为了避嫌。一次听说他将要去找某领导交涉,即抢先打电话给他,恳请他不要再为我费心。先生在电话那头像是呆了一下,然后说:"好吧。"过了些日子,他讲起他如何向某方反映情况,特意加了注脚道:"当时大家都在说,我只是随大流说了一句。"我一时说不出话,心中却暗笑他神色中那点孩子似的天真与狡黠。

我个人对于知识分子的研究兴趣,即部分地来自我有幸亲聆謦欬的首都学界人物,尤其北大老一代学人中硕果仅存的几位先生,王瑶先生、吴组缃先生、林庚先生等。我曾急切地期待有人抢救这一批"素材",相信文学正错失重大的机会——这样的知识分子范型,历史将再也不会重复制作出来。我尤其倾倒于这些老学者的个人魅力。那彼此区分得清清楚楚的个性竟能保存到如此完好,虽经磨历劫而仍如画般鲜明,真是奇迹! 而比他们年轻些的,却常常像是轮廓模糊,面目不清,近于规格化——至少在公众场合。这自然也出于教育、训练。其间的差异及条件,谁说不也耐人寻味,值得作深长之思呢!

一九八八年北大为了校庆编《精神的魅力》一书来约稿

时,我曾写到过我所认识的北大与北大人。但我也曾想过,那些以一生消磨于校园中的,比如先生,是否也分有了"校园文化"的广与狭的? 先生是地道的"校园人物",而校园,即使如北大这样的校园,也通常开放而又封闭:某种"自足",自成一统。偶尔将先生与别种背景的学者比较,我尤其感觉到他显明的校园风格。我一时还不能分析这风格。是先生本人助我走出我视同故乡的北大的。之后每当回望这片精神乡土,对于一度的滞留与终于走出,是怅惘而又怀着感激的。

当着北大在一九八八年庆祝建校九十周年时,我见到了最兴致勃勃的先生。那一夜,他被一群门生弟子簇拥着,裹在环湖移行的人流里,走了一圈,兴犹未尽,又走了一圈。之后,他提议去办公楼看录像,及至走到,那里的放映已结束,楼窗黑洞洞的。返回时,水泥小路边,灯火黯淡,树影幢幢,疲乏中有凉意悄然弥漫了我的心。此后,忆起那一晚,于人流、焰火外,总能瞥见灯火微茫的校园小径,像是藏有极尽繁华后的荒凉似的。

去年十一月先生南下前,我与丈夫去看望他,他正蜷卧在单人沙发上,是极委顿衰惫的老态。丈夫过后曾非常不安,写了长信去,恳请他善自珍摄,我也打电话给南下与先生一道开会的友人,嘱以留心照料先生的起居。一个月后,在上海,我站在华东医院的病房里,看到临终前的先生。这来势急骤的震撼几乎将我的脑际击成一片空白,因而回京后,交给理群兄的,是写于尚未痛定时的几百字的小文。姑且录在下面:

无题

先生最后所写的,或许就是那个"死"字,是用手指写在我的手心上的——我凑巧在他身边。那是十二月十三日上午,他生命中的最后一个上午。

我不敢确信他想表达的,是对死神临近的感知,还是请求速死。如果是后者,那么能摧毁一个如此顽强的老人的,又是怎样不堪承受的折磨!目睹了这残酷的一幕,我一再想弄清楚,先生的意识活动是在何时终止的。没有任何据以证明的迹象。先生几乎将他清明的理性维持到了最后一刻,而这理性即成为最后的痛苦之源。

我宁愿他昏睡。

不妨坦白地承认,先生最吸引我的,并非他的学术著作,而是他的人格,他的智慧及其表达方式。这智慧多半不是在课堂或学术讲坛上,而是在纵意而谈中随时喷涌的。与他亲近过的,不能忘怀那客厅,那茶几上的茶杯和烟灰缸,那斜倚在沙发上白发如雪的智者,他无穷的机智,他惊人的敏锐,他的谐谑,他的似喘似咳的笑。可惜这大量的智慧即如此地弥散在空气里。我不由得想到《庄子》中轮扁关于写在书上的,"古人之糟魄已夫"那番话。当着只能以笔代舌,歪歪斜斜地写下最简单的字句,当着只能以指代笔,在别人手心上画出一两个字,那份闭锁在脑中依然活跃(或许因了表达的阻障而百倍活跃)的智慧,其痛苦的挣扎,该是怎样惊心动魄!

我因而宁愿那智慧先行离他而去。

我并不庆幸目睹了最后一幕。我怕那残酷会遮蔽了本应于我永恒亲切的先生的面容。我不想承受这记忆的沉重,这沉重却如"命运"般压迫着我。超绝生死,究竟是哲人的境界,而我不过是个庸人。这一时翻阅旧书,也颇为其中达观的话打动过,比如"大块载我以形,劳我以生,

佚我以老，息我以死"之类，却又想到，得在老年享用那份
"佚"的，并不只赖有"达观"。然而无论如何，先生总算
"息"了下来，虽然是如此不安的一种"息"。

　　写这文字并非我所愿，我仍然勉力写了。我说不出
"告慰灵魂"之类的话。我知道生人所做种种，自慰而已。
我即以这篇文字自慰。

在写本文这篇稍长的文字时，我清楚地知道，因了先生的
死，我个人生命史上的一页也已翻过了。我愿用文字筑起一
座小小的坟，其中与关于先生的记忆在一起的，有我自己的一
部分生命。有一天，这坟头会生出青青的新草的吧。

1990 年早春

满枕蝉声破梦来

——怀念吴组缃先生

◎陈平原

还像往常一样,回国后第一件事,就是骑自行车在未名湖边转悠,看看久违了的风景,顺便安置跑野了的心。还是那汪平静的湖水,博雅塔依旧,石舫依旧,柳树依旧,蝉声也依旧,唯有湖边流连的身影不同了。柳荫下略嫌破旧的木椅上,又少了一位曳杖的长者,这幅在异国他乡常常闯入梦境的"风景",不免显得有点残缺。

忽忆起几年前吴组缃先生(1908—1994)题赠的诗句:"藕花摇落豆花开,满枕蝉声破梦来。"那是一篇旧作,吟成于先生渐入中年时节,故末两句为"世路于今行过半,炎炎夏日苦相催"。半个世纪后的今天,依然是夏日炎炎,蝉声破梦,难怪古人有"后之视今,犹今之视昔"的感慨。

先生主要以小说创作名家,五十年代以后任教清华、北大,又以小说研究为学界所称道。我进北大时,先生已不再讲授基础课,故无缘一睹其讲课风采。专题讲座倒是有幸聆听,不过也就寥寥三两次。我与先生接触,主要是平日聊天。先生健谈,每次拜访不愁没有话题。我只需提起话头,以后就顺其自然。先生有本事天南地北上下古今转一大圈,又回到原来的话题。"聊天"也是一门艺术,有人能放,有人能收,先生是我见到的为数不多的能放又能收的"聊天大家"。听先生谈天是一种享受。上自国家大事，下至校园新闻，出自先生之口，必然平添几分机趣。

先生当过冯玉祥的老师，又曾随其出访美国，知道许多政界和文坛的逸事，说起来眉飞色舞，可就是不愿形诸笔墨。我不止一次怂恿先生动笔，或者允许将其口述记录下来，稍加整理作为文章发表。先生晚年有点动心，曾尝试作过几篇。可一来仍不无顾忌，最精彩的片段难得问世；二来先生对文章的笔墨情趣要求甚高，助手难当，工作进度很慢。如今先生遽归道山，半部"世说"未及写出，令人扼腕叹息。

先生与"清华先后本同门"（《哭昭琛》）的王瑶师一样，擅长于读"纸背文章"。这种特殊国情训练出来的政治智慧，加上知识者的良心，使得先生大事从不糊涂。近年先生因身体欠佳，基本闭门书斋，可锐气勇气不减当年，常令我辈后生自愧不如。

因治学兴趣相近，先生与我聊天，最常提及的当然是中国小说史研究。但先生这方面的嘉言懿行，自有其及门弟子记述；我更想谈谈他不大为人注意的诗文。

老一辈学者中能写旧体诗词的很多，因当年读书时，学校里还时兴让学生"拟西洲曲"、"拟柏梁体"。在《敬悼佩弦先生》中，先生就曾记载其从朱自清先生学作旧体诗的经过。朱先生以新文学名家，其"飞章叠韵，刻骨攒眉"，自称"未堪相赠，只可自娱"（《犹贤博弈斋诗钞·自序》），故生前从未公开发表。先生似乎也恪守这一原则，早年所吟旧体诗未见问世。"文革"是个转折点，"五七干校"无书可读，更谈不上专业研究，于是学者们"重理弦歌"。一出手多为旧体诗词，因其易吟易记,也因其恢复了早年的文化记忆。旧诗的"复辟",实在是对自称"破旧立新"的"文化大革命"的绝大嘲讽。不知道先生是否也是在"文革"中恢复吟诗的兴致,不过我所见先生最早公开发表的旧诗《颂蒲绝句》二十七首,确实是吟成于一九八〇年。此后先生偶有诗作,仍以自娱为主。王瑶师去世时,我请他写纪念文章,先生说眼睛不好,作文不易,于是吟成了七言古风《哭昭琛》。

记得是七八年前深秋的一个下午,闲聊中提起清人书札及诗笺,先生饶有兴致,并展示了其收藏。以前只知道先生小说写得好,而且历来思想"进步",那是我第一次听其谈论无关家国兴亡的旧诗与收藏,可见其未脱文人习气。回家后越想越有意思,第二天带了几张诗笺,登门讨诗。先生居然不以为忤,录早年所吟七律、五律各一首见赠,令我大喜过望。先生所赠五律后有题记:"一九四二梦中得此诗,不知所云,录以聊博平原棣台一笑。"我对"梦中"二字尤其感兴趣。以我有限的经验,诗文之事,倘若不是白天琢磨,就不会有"梦中得此诗"之类的雅事。大概抗战中文人学者浪迹天涯,促成许多人吟旧诗以自娱。可惜当时忘记请教,事后也没有做过调查,此说因而无法得到证实。

先生以小说名家,故其散文被论者称为"带有小说化的倾向",言下之意是不大像"散文"。先生对此颇不以为然,晚年几次撰文强调拓展散文的疆域,最典型的是《谈散文》中的一段话:"其实散文何止抒情? 它也叙事,也说理,也描写。古代散文名篇是如此,看《古文观止》就知道。"将散文的文类特征概括为"抒情",而又无法做到"讲肺腑之言,抒由衷之情,写真切的见闻感想"(《关于三十年代的散文》),在先生看来,此乃五十年代以后散文衰落的根本原因。私下里，先生对诸名家名作，有更为尖刻的批评。

近年来，我在从事学术研究之余，也写点小文章。有一次到医院探访先生，见先生正躺在病床上阅读我刚出版的小书，赶忙表示不是正宗的散文。没想到先生一句话就把我问住了："什么是'正宗的散文'？"此后再也不想"正名"，也不跟人生闲气，任由人家呼"阿猫"，叫"阿狗"，我自泰然处之。只求像先生所说的，"随心所欲自由地写自己的思想感情和见闻"，管它算不算"散文"！

一九九三年出国前，杂事繁多，心绪欠佳，居然没来得及向先生道别。事后聊以自慰，只有一年时间，很快便能重新聆听先生教诲。接到先生去世的电话，悲伤之外，又多了一层悔恨。终于，又回到了未名湖边，只是物是人非，留下的唯有"满枕蝉声"……

1994 年 8 月 12 日于京西蔚秀园

我的第一个师父

◎鲁迅

　　不记得是那一部旧书上看来的了,大意说是有一位道学先生,自然是名人,一生拼命辟佛,却名自己的小儿子为"和尚"。有一天,有人拿这件事来质问他。他回答道:"这正是表示轻贱呀!"那人无话可说而退云①。

　　其实,这位道学先生是诡辩。名孩子为"和尚",其中是含有迷信的。中国有许多妖魔鬼怪,专喜欢杀害有出息的人,尤其是孩子;要下贱,他们才放手,安心。和尚这一种人,从和尚的立场看来,会成佛——但也不一定,——固然高超得很,而从读书人的立场一看,他们无家无室,不会做官,却是下贱之流。读书人意中的鬼怪,那意见当然和读书人相同,所以也就不来搅扰了。这和名孩子为阿猫阿狗,完全是一样的意思:容易养大。

　　还有一个避鬼的法子,是拜和尚为师,也就是舍给寺院了的意思,然而并不放在寺院里。我生在周氏是长男,"物以希为贵",父亲怕我有出息,因此养不大,不到一岁,便领到长庆寺里去,拜了一个和尚为师了。拜师是否要赟见礼,或者布施什么

---

　　①　宋代笔记小说《道山清话》(著者不详)中记有如下的故事:"一长老在欧阳公(修)座上,见公家小儿有名僧哥者,戏谓公曰:'公不重佛,安得此名?'公笑曰:'人家小儿要易长育,往往以贱名为小名,如狗、羊、犬、马之类是也。'闻者莫不服公之捷对。"又据宋代王辟之著《渑水燕谈录》:"公(欧阳修)幼子小名和尚。"

的呢，我完全不知道。只知道我却由此得到一个法名叫作"长庚"，后来我也偶尔用作笔名，并且在《在酒楼上》这篇小说里，赠给了恐吓自己的侄女的无赖；还有一件百家衣，就是"衲衣"，论理，是应该用各种破布拼成的，但我的却是橄榄形的各色小绸片所缝就，非喜庆大事不给穿；还有一条称为"牛绳"的东西，上挂零星小件，如历本，镜子，银筛之类，据说是可以避邪的。

这种布置，好像也真有些力量：我至今没有死。

不过，现在法名还在，那两件法宝却早已失去了。前几年回北平去，母亲还给了我婴儿时代的银筛，是那时的惟一的记念。仔细一看，原来那筛子圆径不过寸余，中央一个太极图，上面一本书，下面一卷画，左右缀着极小的尺，剪刀，算盘，天平之类。我于是恍然大悟，中国的邪鬼，是怕斩钉截铁，不能含糊的东西的。因为探究和好奇，去年曾经去问上海的银楼，终于买了两面来，和我的几乎一式一样，不过缀着的小东西有些增减。奇怪得很，半世纪有余了，邪鬼还是这样的性情，避邪还是这样的法宝。然而我又想，这法宝成人却用不得，反而非常危险的。

但因此又使我记起了半世纪以前的最初的先生。我至今不知道他的法名，无论谁，都称他为"龙师父"，瘦长的身子，瘦长的脸，高颧细眼，和尚是不应该留须的，他却有两绺下垂的小胡子。对人很和气，对我也很和气，不教我念一句经，也不教我一点佛门规矩；他自己呢，穿起裂裟来做大和尚，或者戴上毗卢帽放焰口①，"无祀孤魂，来受甘露味"的时候，是庄严透顶的，平常可也不念经，因为是住持，只管着寺里的琐屑事，

---

① 毗卢帽：和尚所戴的一种绣有毗卢佛像的帽子。放焰口：旧俗于夏历七月十五日(中元节)晚上请和尚结盂兰盆会，诵经施食，称为"放焰口"。盂兰盆：梵语音译，"救倒悬"的意思；焰口：饿鬼名。

其实——自然是由我看起来——他不过是一个剃光了头发的俗人。

因此我又有一位师母，就是他的老婆。论理，和尚是不应该有老婆的，然而他有。我家的正屋的中央，供着一块牌位，用金字写着必须绝对尊敬和服从的五位："天地君亲师"。我是徒弟，他是师，决不能抗议，而在那时，也决不想到抗议，不过觉得似乎有点古怪。但我是很爱我的师母的，在我的记忆上，见面的时候，她已经大约有四十岁了，是一位胖胖的师母，穿着玄色纱衫裤，在自己家里的院子里纳凉，她的孩子们就来和我玩耍。有时还有水果和点心吃，——自然，这也是我所以爱她的一个大原因；用高洁的陈源教授的话来说，便是所谓"有奶便是娘"①，在人格上是很不足道的。

不过我的师母在恋爱故事上，却有些不平常。"恋爱"，这是现在的术语，那时我们这偏僻之区只叫作"相好"。《诗经》云："式相好矣，毋相尤矣"②，起源是算得很古，离文武周公的时候不怎么久就有了的，然而后来好像并不算十分冠冕堂皇的好话。这且不管它罢。总之，听说龙师父年轻时，是一个很漂亮而能干的和尚，交际很广，认识各种人。有一天，乡下做

---

① "有奶便是娘"：1925 年 8 月间，因北洋政府教育总长章士钊禁止爱国运动和宣扬复古思想，北京大学评议会发表宣言反对他为教育总长，并宣布和教育部脱离关系。后来少数教授顾虑脱离教育部后经费无着，一部分进步教授就在致本校同事的公函中说："章士钊到任以来，曾为北京大学筹过若干经费，本校同人当各知悉；即使章士钊真能按月拨付，或并清偿积欠……同人亦当为公义而牺牲利益，维持最高学府之尊严……如若忽变态度……采取'有奶便是娘'主义，我们不能不为北大同人羞之。"陈源在《现代评论》引用"有奶便是娘"这句话，歪曲公函中的原意并加以嘲讽。

② "式相好矣，毋相尤矣"：语见《诗经·小雅·斯干》，意思是互相爱好而不相恶。式：发语辞。

社戏了，他和戏子相识，便上台替他们去敲锣，精光的头皮，簇新的海青①，真是风头十足。乡下人大抵有些顽固，以为和尚是只应该念经拜忏的，台下有人骂了起来。师父不甘示弱，也给他们一个回骂。于是战争开幕，甘蔗梢头雨点似的飞上来，有些勇士，还有进攻之势，"彼众我寡"，他只好退走，一面退，一面一定追，逼得他又只好慌张的躲进一家人家去。而这人家，又只有一位年轻的寡妇。以后的故事，我也不甚了然了，总而言之，她后来就是我的师母。

自从《宇宙风》出世以来，一向没有拜读的机缘，近几天才看见了"春季特大号"。其中有一篇铁堂先生的《不以成败论英雄》，使我觉得很有趣，他以为中国人的"不以成败论英雄"，"理想是不能不算崇高"的，"然而在人群的组织上实在要不得。抑强扶弱，便是永远不愿意有强。崇拜失败英雄，便是不承认成功的英雄"。"近人有一句流行话，说中国民族富于同化力，所以辽金元清都并不曾征服中国。其实无非是一种惰性，对于新制度不容易接收罢了"。我们怎样来改悔这"惰性"呢，现在姑且不谈，而且正在替我们想法的人们也多得很。我只要说那位寡妇之所以变了我的师母，其弊病也就在"不以成败论英雄"。乡下没有活的岳飞或文天祥，所以一个漂亮的和尚在如雨而下的甘蔗梢头中，从戏台逃下，也就是一个货真价实的失败的英雄。她不免发现了祖传的"惰性"，崇拜起来，对于追兵，也像我们的祖先的对于辽金元清的大军似的，"不承认成功的英雄"了。在历史上，这结果是正如铁堂先生所说："乃是中国的社会不树威是难得帖服的"，所以活该有"扬州十

---

① 海青江浙一带方言，指一种广袖的长袍。

日"和"嘉定三屠"①。但那时的乡下人,却好像并没有"树威",走散了,自然,也许是他们料不到躲在家里。

因此我有了三个师兄,两个师弟。大师兄是穷人的孩子,舍在寺里,或是卖在寺里的;其余的四个,都是师父的儿子,大和尚的儿子做小和尚,我那时倒并不觉得怎么稀奇。大师兄只有单身;二师兄也有家小,但他对我守着秘密,这一点,就可见他的道行远不及我的师父,他的父亲了。而且年龄都和我相差太远,我们几乎没有交往。

三师兄比我恐怕要大十岁,然而我们后来的感情是很好的,我常常替他担心。还记得有一回,他要受大戒了,他不大看经,想来未必深通什么大乘②教理,在剃得精光的囟门上,放上两排艾绒,同时烧起来,我看是总不免要叫痛的,这时善男信女,多数参加,实在不大雅观,也失了我做师弟的体面。这怎么好呢?每一想到,十分心焦,仿佛受戒的是我自己一样。然而我的师父究竟道力高深,他不说戒律,不谈教理,只在当天大清早,叫了我的三师兄去,厉声吩咐道:"拼命熬住,不许哭,不许叫,要不然,脑袋就炸开,死了!"这一种大喝,实在比什么《妙法莲花经》或《大乘起信论》③还有力,谁高兴死

---

① "扬州十日":指清顺治二年(1645 年)清军攻破扬州后进行的十天大屠杀。"嘉定三屠":指同年清军占领嘉定后进行的三次大屠杀。清代王秀楚著《扬州十日记》、朱子素著《嘉定屠城记略》二书,分别对这两次惨杀作了较详细的记载。

② 大乘:公元一、二世纪间形成的佛教宗派,相对于主张"自我解脱"的小乘教派而言。它主张"救度一切众生",强调尽人皆可成佛。一切修行应以利他为主。

③ 《妙法莲花经》:简称《法华经》,印度佛教经典之一。通行的中译本为后秦鸠摩罗什所译。《大乘起信论》:解释大乘教理的佛教著作,相传为古印度马鸣作,有南朝梁真谛和唐代实叉难陀的两种译本。

呢,于是仪式很庄严的进行,虽然两眼比平时水汪汪,但到两排艾绒在头顶上烧完,的确一声也不出。我嘘一口气,真所谓"如释重负",善男信女们也个个"合十赞叹,欢喜布施,顶礼而散"①了。

出家人受了大戒,从沙弥升为和尚,正和我们在家人行过冠礼②,由童子而为成人相同。成人愿意"有室",和尚自然也不能不想到女人。以为和尚只记得释迦牟尼或弥勒菩萨,乃是未曾拜和尚为师,或与和尚为友的世俗的谬见。寺里也有确在修行,没有女人,也不吃荤的和尚,例如我的大师兄即是其一,然而他们孤僻,冷酷,看不起人,好像总是郁郁不乐,他们的一把扇或一本书,你一动他就不高兴,令人不敢亲近他。所以我所熟识的,都是有女人,或声明想女人,吃荤,或声明想吃荤的和尚。

我那时并不诧异三师兄在想女人,而且知道他所理想的是怎样的女人。人也许以为他想的是尼姑罢,并不是的,和尚和尼姑"相好",加倍的不便当。他想的乃是千金小姐或少奶奶;而作这"相思"或"单相思"——即今之所谓"单恋"也——的媒介的是"结"。我们那里的阔人家,一有丧事,每七日总要做一些法事,有一个七日,是要举行"解结"的仪式的,因为死人在未死之前,总不免开罪于人,存着冤结,所以死后要替他解散。方法是在这天拜完经忏的傍晚,灵前陈列着几盘东西,是食物和花,而其中有一盘,是用麻线或白头绳,穿上十来文钱,两头相合而打成蝴蝶式,八结式之类的复杂的,颇不容易

① "合十赞叹"等语是佛经中常见的话。合十:即合掌,用以表示敬意;顶礼:以头、手、足五体匍匐在地的叩拜,是一种最尊敬的礼节。

② 冠礼:我国古代礼俗,男子二十岁时举行冠礼,表示已经成人。

解开的结子。

　　一群和尚便环坐桌旁，且唱且解，解开之后，钱归和尚，而死人的一切冤结也从此完全消失了。这道理似乎有些古怪，但谁都这样办，并不为奇，大约也是一种"惰性"。不过解结是并不如世俗人的所推测，个个解开的，倘有和尚以为打得精致，因而生爱，或者故意打得结实，很难解散，因而生恨的，便能暗暗的整个落到僧袍的大袖里去，一任死者留下冤结，到地狱里去吃苦。这种宝结带回寺里，便保存起来，也时时鉴赏，恰如我们的或亦不免偏爱看看女作家的作品一样。当鉴赏的时候，当然也不免想到作家，打结子的是谁呢，男人不会，奴婢不会，有这种本领的，不消说是小姐或少奶奶了。和尚没有文学界人物的清高，所以他就不免睹物思人，所谓"时涉遐想"起来，至于心理状态，则我虽曾拜和尚为师，但究竟是在家人，不大明白底细。只记得三师兄曾经不得已而分给我几个，有些实在打得精奇，有些则打好之后，浸过水，还用剪刀柄之类砸实，使和尚无法解散。解结，是替死人设法的，现在却和和尚为难，我真不知道小姐或少奶奶是什么意思。这疑问直到二十年后，学了一点医学，才明白原来是给和尚吃苦，颇有一点虐待异性的病态的。深闺的怨恨，会无线电似的报在佛寺的和尚身上，我看道学先生可还没有料到这一层。

　　后来，三师兄也有了老婆，出身是小姐，是尼姑，还是"小家碧玉"呢，我不明白，他也严守秘密，道行远不及他的父亲了。这时我也长大起来，不知道从那里，听到了和尚应守清规之类的古老话，还用这话来嘲笑他，本意是在要他受窘。不料他竟一点不窘，立刻用"金刚怒目"式，向我大喝一声道："和尚没有老婆，小菩萨那里来!?"

这真是所谓"狮吼"①，使我明白了真理，哑口无言，我的确早看见寺里有丈余的大佛，有数尺或数寸的小菩萨，却从未想到他们为什么有大小。经此一喝，我才彻底的省悟了和尚有老婆的必要，以及一切小菩萨的来源，不再发生疑问。但要找寻三师兄，从此却艰难了一点，因为这位出家人，这时就有了三个家了：一是寺院，二是他的父母的家，三是他自己和女人的家。

我的师父，在约略四十年前已经去世；师兄弟们大半做了一寺的住持；我们的交情是依然存在的，却久已彼此不通消息。但我想，他们一定早已各有一大批小菩萨，而且有些小菩萨又有小菩萨了。

四月一日

————————

① "狮吼"：佛家语，意思是震动世界的声音。宋僧道彦《景德传灯录》卷一引《普耀经》："佛（释迦牟尼）初生刹利王家……分手指天地，作狮子吼声：'上下及四维，无能尊我者。'"

藤野先生

◎鲁迅

东京也无非是这样。上野的樱花烂熳的时节，望去确也像绯红的轻云，但花下也缺不了成群结队的"清国留学生"的速成班，头顶上盘着大辫子，顶得学生制帽的顶上高高耸起，形成一座富士山。也有解散辫子，盘得平的，除下帽来，油光可鉴，宛如小姑娘的发髻一般，还要将脖子扭几扭。实在标致极了。

中国留学生会馆的门房里有几本书买，有时还值得去一转；倘在上午，里面的几间洋房里倒也还可以坐坐的。但到傍晚，有一间的地板便常不免要咚咚咚地响得震天，兼以满房烟尘斗乱；问问精通时事的人，答道："那是在学跳舞。"

到别的地方去看看，如何呢？

我就往仙台的医学专门学校去。从东京出发，不久便到一处驿站，写道：日暮里。不知怎地，我到现在还记得这名目。其次却只记得水户了，这是明的遗民朱舜水先生客死的地方。仙台是一个市镇，并不大；冬天冷得厉害；还没有中国的学生。

大概是物以稀为贵罢。北京的白菜运往浙江，便用红头绳系住菜根，倒挂在水果店头，尊为"胶菜"；福建野生着的芦荟，一到北京就请进温室，且美其名曰"龙舌兰"。我到仙台也颇受了这样的优待，不但学校不收学费，几个职员还为我的食宿操心。我先是住在监狱旁边一个客店里的，初冬已经颇冷，蚊子却还多，后来用被盖了全身，用衣服包了头脸，只留两个鼻孔出气。在这呼吸不息的地方，蚊子竟无从插嘴，居然睡安稳了。饭食也不坏。但一位先生却以为这客店也包办囚人的饭食，我住在那里不相宜，几次三番，几次三番地说。我虽然觉得客店兼办囚人的饭食和我不相干，然而好意难却，也只得别寻相宜的住处了。于是搬到别一家，离监狱也很远，可惜每天总要喝难以下咽的芋梗汤。

从此就看见许多陌生的先生，听到许多新鲜的讲义。解剖学是两个教授分任的。最初是骨学。其时进来的是一个黑瘦的先生，八字须，戴着眼镜，挟着一叠大大小小的书。一将书放在讲台上，便用了缓慢而很有顿挫的声调，向学生介绍自己道：——

"我就是叫作藤野严九郎的……"

后面有几个人笑起来了。他接着便讲述解剖学在日本发达的历史，那些大大小小的书，便是从最初到现今关于这一门学问的著作。起初有几本是线装的；还有翻刻中国译本的，他们的翻译和研究新的医学，并不比中国早。

那坐在后面发笑的是上学年不及格的留级学生，在校已经一年，掌故颇为熟悉的了。他们便给新生讲演每个教授的历史。这藤野先生，据说是穿衣服太模糊了，有时竟会忘记戴领结；冬天是一件旧外套，寒颤颤的，有一回上火车去，致使管车的疑心他是扒手，叫车里的客人大家小心些。

他们的话大概是真的，我就亲见他有一次上讲堂没有戴领结。

过了一星期，大约是星期六，他使助手来叫我了。到得研究室,见他坐在人骨和许多单独的头骨中间,——他其时正在研究着头骨,后来有一篇论文在本校的杂志上发表出来。

"我的讲义,你能抄下来么?"他问。

"可以抄一点。"

"拿来我看!"

我交出所抄的讲义去,他收下了,第二三天便还我,并且说,此后每一星期要送给他看一回。我拿下来打开看时,很吃了一惊,同时也感到一种不安和感激。原来我的讲义已经从头到末,都用红笔添改过了,不但增加了许多脱漏的地方,连文法的错误,也都一一订正。这样一直继续到教完了他所担任的功课:骨学、血管学、神经学。

可惜我那时太不用功,有时也很任性。还记得有一回藤野先生将我叫到他的研究室里去,翻出我那讲义上的一个图来,是下臂的血管,指着,向我和蔼地说道:

"你看,你将这条血管移了一点位置了。——自然,这样一移,的确比较好看些,然而解剖图不是美术,实物是那么样的,我们没法改换它。现在我给你改好了,以后你要全照着黑板上那样画。"

但是我还不服气,口头答应着,心里却想道:

"图还是我画得不错,至于实在的情形,我心里自然记得的。"

学年试验完毕之后,我便到东京玩了一夏天,秋初再回学校,成绩早已发表了,同学一百余人之中,我在中间,不过是没有落第。这回藤野先生所担任的功课,是解剖实习和局部解剖学。

解剖实习了大概一星期,他又叫我去了,很高兴地,仍用了极有抑扬的声调对我说道：

"我因为听说中国人是很敬重鬼的，所以很担心，怕你不肯解剖尸体。现在总算放心了，没有这回事。"

但他也偶有使我很为难的时候。他听说中国的女人是裹脚的，但不知道详细，所以要问我怎么裹法，足骨变成怎样的畸形，还叹息道："总要看一看才知道。究竟是怎么一回事呢？"

有一天，本级的学生会干事到我寓里来了，要借我的讲义看。我检出来交给他们，却只翻检了一通，并没有带走。但他们一走，邮差就送到一封很厚的信，拆开看时，第一句是：

"你改悔罢！"

这是《新约》上的句子罢，但经托尔斯泰新近引用过的。其时正值日俄战争，托老先生便写了一封给俄国和日本的皇帝的信，开首便是这一句。日本报纸上很斥责他的不逊，爱国青年也愤然，然而暗地里却早受了他的影响了。其次的话，大略是说上年解剖学试验的题目，是藤野先生讲义上做了记号，我预先知道的，所以能有这样的成绩。末尾是匿名。

我这才回忆到前几天的一件事。因为要开同级会，干事便在黑板上写广告，末一句是"请全数到会勿漏为要"，而且在"漏"字旁边加了一个圈。我当时虽然觉得圈得可笑，但是毫不介意，这回才悟出那字也在讥刺我了，犹言我得了教员漏泄出来的题目。

我便将这事告知了藤野先生；有几个和我熟识的同学也很不平，一同去诘责干事托辞检查的无礼，并且要求他们将检查的结果，发表出来。终于这流言消灭了，干事却又竭力运动，要收回那一封匿名信去。结末是我便将这托尔斯泰式的信退还了他们。

中国是弱国，所以中国人当然是低能儿，分数在六十分以上，便不是自己的能力了；也无怪他们疑惑。但我接着便有参观枪毙中国人的命运了。第二年添教霉菌学，细菌的形状是全用电影来显示的，一段落已完而还没有到下课的时候，便影几片时事的片子，自然都是日本战胜俄国的情形，但偏有中国人夹在里边；给俄国人做侦探，被日本军捕获，要枪毙了，围着看的也是一群中国人；在讲堂里的还有一个我。

"万岁！"他们都拍掌欢呼起来。

这种欢呼，是每看一片都有的，但在我，这一声却特别听得刺耳。此后回到中国来，我看见那些闲看枪毙犯人的人们，他们也何尝不酒醉似的喝彩，——呜呼，无法可想！但在那时那地，我的意见却变化了。

到第二学年的终结，我便去寻藤野先生，告诉他我将不学医学，并且离开这仙台。他的脸色仿佛有些悲哀，似乎想说话，但竟没有说。

"我想去学生物学，先生教给我的学问，也还有用的。"其实我并没有决意要学生物学，因为看得他有些凄然，便说了一个慰安他的谎话。

"为医学而教的解剖学之类，怕于生物学也没有什么大帮助。"他叹息说。

将走的前几天，他叫我到他家里去，交给我一张照相，后面写着两个字道："惜别"，还说希望将我的也送他。但我这时适值没有照相了；他便叮嘱我将来照了寄给他，并且时时通信告诉他此后的状况。

我离开仙台之后，就多年没有照过相，又因为状况也无聊，说起来无非使他失望，便连信也怕敢写了。经过的年月一多，话更无从说起，所以虽然有时想写信，却又难以下笔，这样一直到现在，竟没有寄过一封信和一张照片。从他那一面看起来，是一去之后，杳无消息了。

但不知怎的，我总还时时记起他，在我所认为我师的之中，他是最使我感激，给我鼓励的一个。有时我常常想：他的对于我的热心的希望，不倦的教诲，小而言之，是为中国，就是希望中国有新的医学；大而言之，是为学术，就是希望新的医学传到中国去。他的性格，在我的眼里和心里是伟大的，虽然他的姓名并不为许多人所知道。

他所改正的讲义，我曾经订成三厚本，收藏着的，将作为永久的纪念。不幸七年前迁居的时候，中途毁坏了一口书箱，失去半箱书，恰巧这讲义也遗失在内了。责成运联局去找寻，寂无回信。只有他的照相至今还挂在我北京寓居的东墙上，书桌对面。每当夜间疲倦，正想偷懒时，仰面在灯光中瞥见他黑瘦的面貌，似乎正要说出抑扬顿挫的话来，便使我忽又良心发现，而且增加勇气了，于是点上一支烟，再继续写些为"正人君子"之流所深恶痛疾的文字。

1926 年 10 月 12 日

宗月大师

◎老舍

在我小的时候，我因家贫而身体很弱。我九岁才入学。因家贫体弱，母亲有时候想叫我去上学，又怕我受人家的欺侮，更因交不上学费，所以一直到九岁我还不识一个字。说不定，我会一辈子也得不到读书的机会。因为母亲虽然知道读书的重要，可是每月间三四吊钱的学费，实在让她为难。母亲是最喜脸面的人。她迟疑不决，光阴又不等待着任何人，晃来晃去，我也许就长到十多岁了。一个十多岁的贫而不识字的孩子，很自然的去作个小买卖——弄个小筐，卖些花生、煮豌豆，或樱桃什么的。要不然就是去学徒。母亲很爱我，但是假若我能去作学徒，或提篮沿街卖樱桃而每天赚几百钱，她或者就不会坚决的反对。穷困比爱心更有力量。

有一天刘大叔偶然的来了。我说"偶然的"，因为他不常来看我们。他是个极富的人，尽管他心中并无贫富之别，可是他的财富使他终日不得闲，几乎没有工夫来看穷朋友。一进门，他看见了我。"孩子几岁了？上学没有？"他问我的母亲。他的声音是那么洪亮（在酒后，他常以学喊俞振庭的《金钱豹》白傲），他的衣服是那么华丽，他的眼是那么亮，他的脸和手是那么白嫩肥胖，使我感到我大概是犯了什么罪。我们的小屋，破桌凳，土炕，几乎禁不住他的声音的震动。等我母亲回答完,刘大叔马上决定:"明天早上我来,带他上学,学钱、书籍,大姐你都不必管!"我的心跳起多高,谁知道上学是怎么一回事呢!

第二天,我像一条不体面的小狗似的,随着这位阔人去入学。学校是一家改良私塾,在离我的家有半里多地的一座道士庙里。庙不甚大,而充满了各种气味:一进山门先有一股烟味,紧跟着便是糖精味(有一家熬制糖球糖块的作坊),再往里,是厕所味,与别的臭味。学校是在大殿里。大殿两旁的小屋住着道士和道士的家眷。大殿里很黑、很冷。神像都用黄布挡着,供桌上摆着孔圣人的牌位。学生都面朝西坐着,一共有三十来人。西墙上有一块黑板——这是"改良"私塾。老师姓李,一位极死板而极有爱心的中年人。刘大叔和李老师"嚷"了一顿,而后教我拜圣人及老师。老师给了我一本《地球韵言》和一本《三字经》。我于是,就变成了学生。

自从作了学生以后,我时常的到刘大叔的家中去。他的宅子有两个大院子,院中几十间房屋都是出廊的。院后,还有一座相当大的花园。宅子的左右前后全是他的房屋,若是把那些房子齐齐的排起来,可以占半条大街。此外,他还有几处铺店。每逢我去,他必招呼我吃饭,或给我一些我没有看见过的点心。他绝不以我为一个苦孩子而冷淡我,他是阔大爷,但是他不以富傲人。

在我由私塾转入公立学校去的时候,刘大叔又来帮忙。这时候,他的财产已大半出了手。他是阔大爷,他只懂得花钱,而不知道计算。人们吃他,他甘心教他们吃;人们骗他,他付之一笑。他的财产有一部分是卖掉的,也有一部分是被人骗了去的。他不管;他的笑声照旧是洪亮的。

到我在中学毕业的时候，他已一贫如洗，什么财产也没有了，只剩了那个后花园。不过，在这个时候，假若他肯用用心思，去调整他的产业，他还能有办法教自己丰衣足食，因为他的好多财产是被人家骗了去的。可是，他不肯去请律师。贫与富在他心中是完全一样的。假若在这时候，他要是不再随便花钱，他至少可以保住那座花园，和城外的地产。可是，他好善。尽管他自己的儿女受着饥寒，尽管他自己受尽折磨，他还是去办贫儿学校、粥厂等慈善事业。他忘了自己。就是在这个时候，我和他过往的最密。他办贫儿学校，我去作义务教师。他施舍粮米，我去帮忙调查及散放。在我的心里，我很明白：放粮放钱不过只是延长贫民的受苦难的日期，而不足以阻拦住死亡。但是，看刘大叔那么热心，那么真诚，我就顾不得和他辩论，而只好也出点力了。即使我和他辩论，我也不会得胜，人情是往往能战胜理智的。

　　在我出国以前，刘大叔的儿子死了。而后，他的花园也出了手。他入庙为僧，夫人与小姐入庵为尼。由他的性格来说，他似乎势必走入避世学禅的一途。但是由他的生活习惯上来说，大家总以为他不过能念念经，布施布施僧道而已，而绝对不会受戒出家。他居然出了家。在以前，他吃的是山珍海味，穿的是绫罗绸缎。他也嫖也赌。现在，他每日一餐，入秋还穿着件夏布道袍。这样苦修，他的脸上还是红红的，笑声还是洪亮的。对佛学，他有多么深的认识，我不敢说。我却真知道他是个好和尚，他知道一点便去做一点，能做一点便做一点。他的学问也许不高，但是他所知道的都能见诸实行。

　　出家以后，他不久就做了一座大寺的方丈。可是没有多久就被驱除出来。他是要做真和尚，所以他不惜变卖庙产去救济苦人。庙里不要这种方丈。一般的说，方丈的责任是要扩充庙产，而不是救苦救难的。离开大寺，他到一座没有任何产业的庙里做方丈。他自己既没有钱，他还须天天为僧众们找到斋吃。同时，他还举办粥厂等慈善事业。他穷，他忙，他每日只进一顿简单的素餐，可是他的笑声还是那么洪亮。他的庙里不应佛事，赶到有人来请，他便领着僧众给人家去唪真经，不要报酬。他整天不在庙里，但是他并没忘了修持；他持戒越来越严，对经义也深有所获。他白天在各处筹钱办事，晚间在小室里作工夫。谁见到这位破和尚也不曾想到他曾是个在金子里长起来的阔大爷。

去年，有一天他正给一位圆寂了的和尚念经，他忽然闭上了眼，就坐化了。火葬后，人们在他的身上发现许多舍利。

没有他，我也许一辈子也不会入学读书。没有他，我也许永远想不起帮助别人有什么乐趣与意义。他是不是真的成了佛？我不知道。但是，我的确相信他的居心与言行是与佛相近似的。我在精神上物质上都受过他的好处，现在我的确愿意他真的成了佛，并且盼望他以佛心引领我向善，正像在三十五年前，他拉着我去入私塾那样！

他是宗月大师。

我的老师——管叶羽先生

◎冰心

我这一辈子,从国内的私塾起,到国外的大学研究院,教过我的男、女、中、西教师,总有上百位! 但是最使我尊敬爱戴的就是管叶羽老师。

管老师是协和女子大学理预科教数、理、化的老师(一九二四年起,他又当了我的母校贝满女子中学的第一位中国人校长,可是那时我已经升入燕京大学了),一九一八年,我从贝满女中毕业,升入协和女子大学的理预科,我的主要功课,都是管老师教的。

回顾我做学生的二十八年中,我所接触过的老师,不论是教过我或是没教过我的,若是以"全心全意为人民教育服务"以及"忠诚于教育事业"的严格标准来衡量我的老师的话,我看只有管叶羽老师是当之无愧的!

我记得我入大学预科,第一天上化学课,我们都坐定了(我总要坐在第一排),管老师从从容容地走进课堂来,一件整洁的浅蓝布长褂,仪容是那样严肃而又慈祥,我立刻感到他既是一位严师,又像一位慈父!

在我上他的课的两年中,他的衣履一贯地是那样整洁而朴素,他的仪容是一贯地严肃而慈祥。他对学生的要求是极其严格的,对于自己的教课准备,也极其认真。因为我们一到课室，就看到今天该做的试验的材料和仪器，都早已整整齐齐地摆在试验桌上。我们有时特意在上课铃响以前，跑到教室去，就看见管老师自己在课室里忙碌着。

管老师给我们上课，永远是启发式的，他总让我们预先读一遍下一堂该学的课，每人记下自己不懂的问题来，一上课就提出大家讨论，再请老师讲解，然后再做试验。课后管老师总要我们整理好仪器，洗好试管，擦好桌椅，关好门窗，把一切弄得整整齐齐的，才离开教室。

理预科同学中从贝满女中升上来的似乎只有我一个，其他的同学都是从华北各地的教会女子中学来的，她们大概从高中毕业后都教过几年书，我在她们中间，显得特别小（那年我还不满十八岁），也似乎比她们"淘气"，但我总是用心听讲，一字不漏地写笔记，回答问题也很少差错，做试验也从不拖泥带水，管老师对我的印象似乎不错。

我记得有一次做化学试验，有一位同学不知怎么把一个当中插着一根玻璃管的橡皮塞子，捅进了试管，捅得很深，玻璃管拔出来了，橡皮塞子却没有跟着拔出，于是大家都走过来帮着想法。有人主张用钩子去钩，但是又不能把钩子伸进这橡皮塞子的小圆孔里去。管老师也走过来看了半天。我想了一想，忽然跑了出去，从扫院子的大竹扫帚上撅了一段比试管口略短一些的竹枝，中间拴上一段麻绳，然后把竹枝和麻绳都直着穿进橡皮塞子孔里，一拉麻绳，那根竹枝自然而然地就横在皮塞子下面。我同那位同学，一个人握住试管，一个人使劲拉那根麻绳，一下子就把橡皮塞子拉出来了。我十分高兴地叫："管老师——出来了！"这时同学们都愕然地望着管老师，又瞪着我，轻轻地说："你怎么能说管老师出来了！"我才醒悟过来,不好意思地回头看着站在我身后的管老师,他老人家依然是用慈祥的目光看着我,而且满脸是笑!我的失言,并没有受到斥责!

一九二四年,他当了贝满女中的校长,那时,我已出国留学了。一九二六年,我回燕大教书,从升入燕大的贝满同学口中听到的管校长以校为家,关怀学生胜过自己的子女的嘉言懿行,真是洋洋贯耳,他是我们同学大家的榜样!

一九四六年,抗战胜利了,那时我想去看战后的日本,却又不想多待。我就把儿子吴宗生(现名吴平)、大女儿吴宗远(现名吴冰)带回北京上学,寄居在我大弟妇家里。我把宗生送进灯市口育英中学(那是我弟弟们的母校),把十一岁的大女儿宗远送到我的母校贝满中学,当我带她去报名的时候,特别去看了管校长,他高兴地紧紧握住我的手——这是我们第一次握手!他老人家是显老了,三四十年的久别,敌后办学的辛苦和委屈,都刻画在他的面庞和双鬓上!还没容我开口,他就高兴地说:"你回来了!这是你的女儿吧?她也想进贝满?"又没等我回答,他抚着宗远的肩膀说:"你妈妈可是个好学生,成绩还都在图书馆里,你要认真向她学习。"哽塞在我喉头的对管老师感恩戴德的千言万语,我也忘记到底说出了几句,至今还闪烁在我眼前的,却是我落在我女儿发上的几滴晶莹的眼泪。

1985 年 5 月 28 日清晨

一封未拆的信

——纪念老师沈骊英先生

◎费孝通

从我们魁阁走上公路，向北，约摸半个钟点的路程，就到三岔口。中央农业实验所有一个分站疏散在这村子里。疏散在附近的文化机关时常有往来，大家用所在地的名称作各个机关的绰号。三岔口的徐季吾先生上下车站，便常来我们魁阁，我们星期天有闲也常去三岔口望他。在一次闲谈中徐先生讲起了沈骊英先生。

"沈先生是我的老师，"我这样说，"我在小学时，最喜欢的老师就是她。"

我停了一忽，接着说：

"说来这已是二十多年前的事了。最后一次我见着她是在东吴的校门前，那时我就在这大学的附中里念书。我母亲去世不久，她是我母亲的朋友，一路和我说了许多关于我生活细节的话。中学时代的孩子最怕听这些，尤其像我这种乱哄哄的人，一天到晚真不知干些什么，她那时所说的，听过也就忘了。但是，我一闭眼，还记得这位老师的笑容。一副近视眼镜，一个拖在脑后梳得松松的髻。那时看来算是相当时髦的。至少，她所穿的那件红方格子带裙子的衣服，在我印象里是件标准的西装。"

我一面说着，二十多年前的印象似乎愈来愈逼真：天赐庄夹道的两道红墙，东吴大门口的那棵大树——在这地方我们分手了。本来是路上偶然相逢，你想，一个十五六岁的男孩子在路上遇着了他幼年的女教师，怎么会说得上什么清楚的话？手插在裤袋里，脸红红的，眼睛潮润润的，只怕有哪个同学看见，多不好意思！

徐先生打断了我的回忆："沈先生不是在苏州那个女学校里教过书的么？怎会教得着你的呢？"

十多年前，我如果听到这话，一定要脸红，绝不会接着说："是呀，我是在女学校里长大的呀。"徐先生好奇地听我说下去："那个学校名叫振华。苏州人大概都知道这学校。现在的校址是织造府。苏州的织造府谁不知道，这是曹雪芹住过的地方，据说他所描写的大观园就是依这个织造府作蓝本的。"

我在中学里时，最怕有人提起我的来历；愈是怕，愈成了同学们取笑的把柄。"女学生！"——在这种心理压力之下，我怎么会有勇气在我女教师的身边并排着走？校门救了我，我飞跑似的冲进铁门，头也不敢回，甚至连"再会"两字也没有说。可是，虽则这样鲁莽，我却并没有这样容易把这事忘却，二十多年后，还是这样清楚地记得：那副眼镜，那件红方格的西装和温存的语调。

我进高小刚十岁，初次从小镇里搬到苏州。羸弱多病使我的母亲不敢把我送入普通的小学。振华靠近我们所住的地方，是我母亲的朋友王季玉先生所办的，而且是个女学。理论上说女孩子不像男孩子那样喜欢欺负人，至少欺负时不太动用武力。不久，我成了这女学校里少数男学生之一。入学时，我母亲还特地送我去，那时校址是在十全街，就在那时我被介绍给这位沈先生。以后她常带我到她的房子里去，她房里的样子现在已模糊了，只记得她窗外满墙的迎春花，黄黄的一片。当时，沈先生，我后来总是这样称呼她，其实还是和这一片黄花一样的时代，但是在我看来，她却免不了已经属于"什么都懂，什么都能"的伟大人物那一类了。我当初总有一点羞涩，也有一些异样：在四年的小学中，老师在我是一个可怕的人物，打手心的是他，罚立壁角的也是他，一个似乎不太讲理，永远也不会明白孩子们心情的权威。可是，这个老师却会拉着我的手，满面是笑容，是个手里没有戒尺的人，这使我不太明白。我想，我那时一定没有勇气望着她的眼，不然，我怎会现在只记得满墙的迎春花呢？

沈先生教我算学，每次做练习，我总是第一个交卷。习题做快了，又不重看一遍，不免时常把 6 写成 8，2 写成 3。"这样一个粗心大意的孩子！"其实我的心哪里是在做算学，课堂外的世界在招惹我。可怪的是沈先生从来没有打过这个顽皮孩子的手心，或禁闭过这个冒失的孩子。她望着我这匆忙的神色、忙乱的步伐，微微地摇着头："孩子们，你们什么时候才会定心做一道算题？"

过了有十年的一个暑假，我在沪江的暑期学校里选了三门算学课程。天气热得像是坐在蒸笼里，我伏在桌子上做题解；入晚靠窗眺望黄浦江的烟景，一个个还是几何的图形。我不知为什么，一直到现在还是记不住历史上的人名、地理上的地名，而对于数字却并不怎么怕；若是有理由可说的，该是我高小里历史和地理的教师并不是姓沈的缘故罢。多少孩子们的兴趣在被老师们铲除送终！等大学毕业，一个人对于学术前途还没有全被封锁的,该算是很稀少的例外了。

我的性格也许是很不宜于算学的,可是为了有这个启蒙的教师,我竟为了它牺牲了一个可以夏游的暑天。

从那天偶尔在街上见面之后,我一直没有见过这位老师。我也没有去想着她的理由。天上的雨,灌溉了草木,人家看到苍翠,甚至草木也欣然自感茂盛,雨水已经没入了泥土,没有它的事了。多少小学里的教师们,一天天,一年年把孩子们培养着,可是,培养了出来,向广阔的天地间一送,谁还记得他们呢?孩子们的眼睛是望着前面,不常回头的。小学教师们的功绩也就这样被埋葬在不常露面的记忆之中了。

一直到徐季吾先生说起了沈骊英先生在中央农业实验所服务,我才引起了这一段内疚。其实,如果不是我当时也在教书,也许这段内疚都不会发生。人情原是这样的,我问起沈先生的生活,徐先生这样和我说:"她已是一个一群孩子的好母亲,同时也已成了我们种麦的农民们的恩人了。华北所种的那些改良麦种就是她试验成功的。她从南京逃难出来,自己的衣服什物都没有带,可是,亏她的,我们所里那些麦种却一粒不漏地运到了重庆。我们现在在云南所推广的麦种,还不是她带进来的种子所培植出来的?所里的人都爱她。她是所长的太太,但是,她的地位并不是从她先生身上套取来的,相反的,她帮了她先生为所里立下了一项最成功的功劳。"

我听着了,不知为什么心跳得特别快,皮肤上起一阵冷。一个被认为早已"完成"了的小学里的老师,在我们分离的二十多年中,竟会生长得比她的学生更快。她并没有停留,她默默地做了一件中国科学界里罕有的大事。改良麦种，听来似乎很简单，可是，这是一件多繁重的事！麦子的花开得已经看不清楚，每朵花要轻手轻脚地包好，防止野蜂带来了野种。花熟了，又要一朵朵地把选择好的花粉加上去。如果"粗心大意"，一错就要耽搁一年。一年！多少农民的收入要等一年才能增加！

家务、疾病、战争，在阻碍她的成功，可是并没有击倒她。她所改良的麦种已经在广大的华北平原，甚至在这西南偏僻的山国里，到处在农民的爱护中推广了。

我从三岔口回来，坐在魁阁的西窗边，写了一封将近五张纸长的信给我这二十年没有见过面、通过消息的老师。我写完这信，心上像是放下了一块石头。我想，一个老师在读着她多年前学生的信，一封表示世界上还没有把老师完全丢在脑后的学生的信，应当是一件高兴的事。我更向她说："当你在试验室里工作得疲乏的时候，你可以想到有一个曾经受过你教育的孩子，为了要对得起他的老师，也在另一个性质不同的试验室里感觉到工作后疲乏的可贵。我可以告慰你的不过是这一些。让我再加一笔，请你原谅我，我还是像在你班上时那样粗心大意，现在还没有定心做过一道算题。"

我把这信挂号递给呈贡的邮局，屈指数日子，盼望得到一封会使我兴奋的回信。

不到一个星期，徐季吾先生特地到魁阁来报告我一个消息：沈骊英先生脑充血死在她的试验室里。我还是坐在靠西窗的椅子上，隔着松树，远处是一片波光，这不是开迎春花的时节，但是波光闪烁处，还不是开遍了这黄花？

又过了一个星期,我寄出的信退了回来,加了一个信封,没有夹什么字。再没有人去拆这封信了,我把它投入了炉子里。

1935 年 1 月 11 日

忆亡师

◎梁得所

Why do your big tears fall, Daddy?

Mother's not far away.

I often seem to hear her voice——

falling across my Play.

你为什么流泪,爹爹?

母亲并未远去;

她的声音若隐若现——

常常留在我耳边。

趁着新年几天休假,从事选译世界名歌,译到上面的几句,心头不禁黯然。深幸我的母亲还健在,然而想起一位像母亲同时像姊姊的教师,她竟在十多年前去世了。

我今日能够试译歌曲,不能不追念那位亡师,因为英文ABC和乐谱的 ABC,都是她教我启蒙的。

她是一位年轻的美国姑娘,自从到中国的 L 县之后,学了一口乡间土话,语音差不多和本地人一样。她原名 Harney Kunkie,倘若问她姓名,必答以"龚娴礼"。也许更声明"娴"字不是"娴",从"月"不从"木"。

小孩子遇见她,没有不趋前欢呼"龚小姐"的。L 县的人识"龚小姐",仿佛现在美国人识曼丽壁克福一样。甚至后来,乡间小孩子们每见西人妇女,统称为"龚小姐",可见她在众人心目中的地位了。

龚小姐终于做小学校长,兼教英文和音乐两科。我那时在高小,有机会受她的教课。仿佛记得当时其他先生批评,说龚小姐身为校长而不庄严。事实上也怪不到大人先生们的指责,例如有一次,未上课之前,某同学把讲台上教员的竹竿灌了水,当她拿起来指黑板的时候,冷水流进她衫袖里。她知道学生淘气,却不知谁做的,于是把竹竿掉转来,顺手将剩下的水点洒到学生座中。当我们欣然受这报复惩罚的时候,级中一位年纪最大的同学却板起面孔,表示责成她不庄严,她便走到那同学的位前,一边用衫袖替他揩去书上的水点,一边说:"敬三,一些玩意也要生气吗?"

教育学我并未细心研究,稚气未除有失威严的师长,在教育原理上得失如何,不敢加以判断,只是个人体验讲来,她所教授的科目,便是我最喜爱的功课。不但当年如此,就是现在以至将来,也不会忘记。

我家离她住宅不远,放学后常常跑到她的屋旁,帮助她淋花种菜,或挽着小桶替她喂马。她很爱马,有一次对我说:"许久没有工夫骑马,恐怕它太少运动,你可每天骑它去跑跑吗?"于是我每天日落后,骑出郊外兜个大圈,傍晚的清风吹向我胸襟,落霞的光彩映到我眼帘;幼小的心灵,感觉宇宙何其美妙而伟大!

有一天又说:"我想学省城话,你来教我;那么,我教你弹钢琴,大家交换好不好?"我当然赞成,因为虽然音乐课外还有歌诗班,但仍未满足我对音乐的爱好;初夏的时节,我便开始学习钢琴,那时手指很短,几乎伸不到音阶的一组。"不要紧，"她说，"年纪小练习容易进步。"

学了未满两个月，暑假到了。她应远方友人之邀，要到江西庐山避暑去。

"你暑假怎样过呢?"她未起程之前问我，未等我答便又续说，"空闲还是练练弹琴罢。"接着关照看管屋子的女佣许我用那钢琴，又指定一部简易琴谱，再叮嘱说:"不要忘记练习，让我回来的时候看你进步如何。"

昼长日永的夏天，除了树上的蝉声之外，一切十分静寂。同学先生都四散了，使我怀疑放假有什么好处。正在纳闷的时候，忽然得闻一个消息:龚小姐在庐山跌下深涧死了! 我呆了一会，只有希望这消息是谣传;然而信息确凿，绝不会是假的。我瞻望着那人去楼空的屋子，对着那失了主人的骏马，心头一阵酸楚，不禁哭了起来。我对于悼丧的哀感很少经验，除了幼小未识悲哀时死过一个妹妹之外，却幸父母亲大人至今健在，而且素来不善流泪，有生以来，悼丧而哭的只有那一次而已。

夏去秋来，学校又开课。那年的秋天特别像秋天。自从龚小姐不在之后，喧闹声音果然减少;许多往日跳跃的孩子，在威严师长陶冶之下，渐渐变成寡言默笑的好学生。我呢，马没有再骑了，琴也因无人指导而中辍。据积分表的报告，各科成绩较前进步，可是现在严格追究起来，当时不免为积分而求积分，我的个性几乎埋没下去!

不久我离了L县，往后十多年，阔别远离，乡间小学的现状无从知清楚。月前接到一封客气的信，是那学校校长写来的，原来校长就是当年的算学教员黄先生。他的学识我一向钦服，可是提起他我就感到不快，他的一副铁青般的面孔，对待算错数的学生而发的呵斥，和平日用鼻音来应人的神气，简直有点可怕。他仿佛看小孩子不在眼内，而且像他这样毕业于省城中学的人物，在乡间是凤毛麟角；他似乎想不到小孩子有长大学成的一日。在他教授之下，我们因畏惧而用功。他无意中把一班小孩子训育成驯服的怯懦者，影响所及，现在我写到这里，亦几乎没有勇气来指责他。

假设当我在小学受基础教育的时代，黄先生教音乐而龚小姐教算术，那么，我的事业未必趋向文艺；就算天性使然，可是对于数理科学也不致像现在那么乏趣。这样，证明了龚小姐所给我的教育是真教育；更足以证明小学教育的师资，学问高深是次要，心地诚恳是第一条件。不要欺负童子无知，因为小孩子的感觉十分敏锐！

黄先生的信，无论如何我是决意恭敬作复，只是平时有懒写信的坏习惯，一天迟延一天，未上一个月，忽又闻得他遇盗被害，死于医院。他的信竟无从答复，我很对他不起。

故乡医院中去世的黄先生，当然尽哀尽礼地安葬了，而且每年必有亲友省墓。至于那死在异国异乡的龚小姐呢，她长眠荒凉的山麓，但愿飞萤每晚飞到她的墓前，露珠每朝落在她的坟上，替代她的亲友，慰问她无涯的寂寞。

岁月水一般奔流，人间的恩怨也就随着消逝：我对人们许多欠负无从报答，唯有勉力忘却别人对我的欠负。因为我们迟早都有撒手归去的一日，迟早有善恶两忘的时候。

死，不过是生之历程；亡师，你并未远去：你的声音若隐若现，至今留在我耳边。愿竭我绵力把你播下的种子培植起来，直到有了收成之后，欣然与你再相见。

1931 年

陈瘦竹先生

◎叶兆言

　　我在南京大学读了七年书，课堂上聆听陈先生的教诲却没有几次。印象中都是讲座，记得有一次是讲莫里哀的喜剧，从头至尾，陈先生都很严肃，即使说俏皮话，也面不改色。

　　陈先生与我祖父我父亲都熟悉。我考上大学以后，有一次遇到我父亲，陈先生说："让你儿子来找我好了，我有话对他说。"于是我就去见陈先生。当时我很拘谨也很狂妄，刚上大学，雄心勃勃志大才疏，什么都想干，又不知道怎么干。陈先生直截了当问起我今后的打算，我犹豫再三，不知如何回答。这次谈话给我留下了一个非常窘迫的记忆。陈先生很热心地为我订了一个学习计划，这就是将来不管从事什么职业，在大学期间，除了课上好，必须每天二小时外语，二小时古文，每周一篇散文，每月一部短篇小说。

　　说起来便惭愧，如果真正贯彻执行陈先生的学习计划，一定受益更多。不管怎么说，这学习计划是我当时的座右铭。人难免偷懒，难免三心二意，有了这样的座右铭，一旦荒废了时间，起码可以让我感到自责和不安。读研究生时，有机会比较多地拜访陈先生，每次见到，必然问我最近的学习打算，叮嘱再三，让我经常去，说哪怕只是闲谈谈也好。和陈先生在一起，我总是拘束和脸红，当我见他放下大厚本的外语原作，手上用来读书的放大镜不知放在何处，笑呵呵向我走来时，一种自己是坏学生的内疚立刻涌上心头。虽然我已经下了不少死功夫，而且取得了一点点很微小的成绩，但是从陈先生家出来，我每次都能萌发出新的发愤用功的念头。

南京大学中文系有个传统，三年寒窗，研究生毕业，弟子一毛不拔，老师倒过来请学生美美地吃一顿。我的导师是叶子铭老师和邹恬老师。用叶老师的话说，陈先生是我们专业的老爷子，自然应该请坐首席。在学校读书，唯有到了这刻，师生欢聚一堂，举酒相祝，才突然明白以后的路，全靠自己去闯。对受业师的感激之情，千言万语，都聚集在一杯薄酒之中。宴席上的陈先生变得十分豪爽，喝酒便喝酒，一饮而尽，吃菜就吃菜，吃到临了，酒足饭饱，一个弟子为他撕去一只鸡腿，一个弟子怕他吃得太多，连忙阻止，陈先生笑容可掬，说："没关系，我能吃。"

我永远忘不了陈先生，忘不了那严肃，也忘不了那笑容。陈先生为我制定的学习计划，仍然是我现在工作学习的座右铭。时光如流水，事过境迁，学校的生活，遥远得仿佛是书本上的故事。我常常变得消沉，变得世故，变得急功近利。一生中能遇到好老师是最大的幸福。在消沉世故和急功近利的海洋中，老师的教诲如春风，如时雨，一次次给人鼓舞，给人鞭策，给人无穷的力量。

不能忘记的老师

◎韦君宜

人不能忘记真正影响过自己的人。

我写过好几位教过我的老师,包括大学的,中学的,小学的。田骢是影响我最大的老师,他是南开的,但是南开却不记得他。那些有功于学校的老教师名单里没有他。

他是在我进高中一年级时,到南开教书的,教国文。人很矮,又年轻。第一次进教室,我们这群女孩子起立敬礼之后,有人就轻轻地说:"田先生,您是……"他毫不踌躇地拿起粉笔,就在黑板上写了"田骢,燕京大学文学士"几个字作为自我介绍,接着就讲课了。

他出的第一个作文题是《一九三一年的中国大水灾》。我刚刚学发议论,刚作好交上去,"九·一八"就爆发了。他又出了第二个题,没有具体题目,要我们想想,写最近的大事。于是我写了一篇《日祸记闻》(我找了报纸,费了很大劲),田先生只点点头说:"写听来的事,也就这样了。"他要求的当然比这高。

我们有南开中学自编的国文课本,同时允许教师另外编选。田先生就开始给我们讲上海左翼的作品:丁玲主编的《北斗》,周起应(周扬)编的《文学月报》,然后开始介绍鲁迅,介绍鲁迅所推荐的苏联作品《毁灭》,还有《士敏土》、《新俄学生日记》等等。他讲到这些书，不是完全当文学作品来讲的。讲到茅盾的《幻灭》、《动摇》、《追求》三部曲时，他说："现在的女孩子做人应当像章秋柳、孙舞阳那样开放些。当然，不必像那样浪漫了。"

我是个十分老实的学生，看了左翼的书，一下子还不能吃进去。有的同学就开始写开放的文章了，记得比我高一班的姚念媛，按着丁玲《莎菲女士的日记》的路子，写了一篇《丽嘉日记》。我们班的杨纫琪写了篇《论三个摩登女性》，都受到田先生赞赏，后来发表在南开女中月刊上。我的国文课（包括作文）一向在班上算优秀的，可是到了这时，我明白自己是落后，不如人了。

田先生越讲越深，他给我们讲了什么是现实主义，什么是浪漫主义。我才十六岁，实在听不大懂，可是我仔细听，记下来，不懂也记下来。半懂不懂的读后感都记在笔记本上了，交给田先生。他看了，没有往我的本子上批什么，只是在发本子的时候告诉我："写 note 不要这样写法。"还告诉我，读了高尔基，再读托尔斯泰，读契诃夫吧。田先生对于我，是当作一个好孩子的吧。他在我的一篇作文上批过"妙极，何不写点小说"。可是他没有跟我说过一句学业之外的话。

在教书中间，他和男中的另外两位进步教师万曼、戴南冠共同创办了一个小文学刊物，叫《四月》，同学们差不多都买来看了。我看了几遍，终于明白田先生写的文章和我相差一大截。我是孩子，孩子写得再好也是孩子，我必须学会像田先生那样用成人的头脑来思考。

到高中二年级，田先生教二年甲组，我被分到乙组，不能常听田先生的课了，但是甲组许多情况还是知道的。田先生常叫她们把教室里的课桌搬开,废除先生讲学生听的方式,把椅子搬成一组一组的,大家分组讨论,教室里显得格外生动有趣。后来她们班的毛栒同学当选了女中校刊的主编,把校刊办得活跃起来了。开始时是谈文学,谈得很像那么一回事,估计是田先生指导的。到后来她们越谈越厉害,先对学校的一些措施写文章批评,后对天津市内的(当然是国民党统治下的)政治形势嬉笑怒骂,直至写文章响应市内工厂的罢工,鼓动工人们"起来啊,起来"。闹得学校当局再也忍不住了(再这么下去,学校也没法存在了),把毛栒她们三个活跃分子开除了。同时,他们认为是田骢他们三个教师在背后煽动的,把三个教师解了聘。

我看不出来田先生在这里边起了什么作用,只是对他的离职惋惜不已。我刚刚对田先生教给的左翼文学尝到一点味儿,还只知看看,还没想到自己动手干。但是已经不用田先生把着手告诉怎么找书了,已经会自己去找书看,会自己去订阅杂志了。我刚抬脚,还不会起步。

已被开除的先进分子毛栒跟我谈起田先生,她说:"作为教书的教师,他是个好教师。可是,要作为朋友,他并不怎么样。"那时候我还不懂田先生怎么又成了她的"朋友"。后来过了很久,我才明白她那时已经是一个地下组织的成员了,田先生么,该是她的"朋友",即同志,实际上女中的活动就是他们地下组织的活动,并不是一个教师煽动的,学校当局也没有弄清。我太幼稚,没有资格要求田先生做我的"朋友",但是我由一个什么也不懂的女孩成为知道一点文学和社会生活的青年,的确得感谢田先生,他是我的好老师。

我一直怀着感激的心情想着田先生。后来只在一个讲教学的刊物上见过田先生的名字,在河南一个文学刊物上见过万曼先生的名字,就再没有消息了。我总在猜测,他们几位大概进入了文学界了。想起他们,我老是以为他们不会湮没无闻的,常想着将来能再见。

后来,一直过了二十多年,国家经过了天翻地覆的变化,我也已经成了中年人,被调进了作家协会。对于文学知道还不算多,该接受的教训倒学会了不少。从前对于文学那股热劲也消磨得差不多了。有一天,在作家协会的《文艺学习》编辑部里,忽然说有一个姓田的先生来了,在公共会客室正等着我。我进门一怔,简直认不清了,但是马上又认得,竟是田先生。他很客气地说知道我在这里,他来是想请我到他们学校去作一次报告,就是讲一次文学课。

原来这几十年他还在教书,仔细一问,在石油勘探学校里教文学。没有想到,怎么会在石油学校教文学?要知道我现在已经属于文艺界了,而文艺界那个气氛人们都知道。我怎么敢到外边去乱吹,讲文学?

"田先生,我……我……"我简直说不上来,只好吞吞吐吐回答,"我怎么能到您那里去讲文学?您还是我老师。"

田先生却痛快地说:"怎么不能啊!青出于蓝嘛。"

我没法,只能说:"我没有学好,给老师丢丑……而且……而且您看,我肚子这么大了。"那时我正怀着孕,他没法勉强。这次会见,就这么简单地结束了。我一面谈着话,一面心里就猜,田先生大概这些年还保持着他年轻时对于文艺界的美好幻想,而且看见《文艺学习》刊物上我的名字,就以为我已经踏进了那个美好幻想里,所以来找我,叫我千言万语也说不清。但是我敬仰的田先生,领着我们敲左翼文学大门的先生,怎么能湮没呢？他的功劳怎么没人提起呢？

后来我曾经想请田先生参加作协举办的文学活动，但是迟迟没有找到合适的题目。后来呢，又过了一阵，文艺界内的气氛越来越紧张了。田先生忽然给我来了一封信，说他一向佩服诗人艾青，想必我会认识艾青，请我给介绍介绍。那些天，正好是艾青同志倒霉挨骂的时候，我刚刚参加过批判艾青的内部会议，还在艾青同志屋里听他诉过苦，这怎么答复啊？属于"外行"的田先生，哪里会明白这些内情，我这个做学生的，又怎好贸然把这些话告诉田先生。紧接着是批判《武训传》，批俞平伯，批胡风，直到批右派，我自己也被送下乡，刊物也关门了。田先生幸喜与诸事无关，就不必多谈了。

我竟然无法答报师恩，竟然无法告诉他："田先生，你落后了，做学生的要来告诉你文学是怎么回事了。"这是胡扯，他不是落后，我想他还是和从前一样，把左翼文学园地看作一块纯洁光明的花园，这对于他来说，其实是幸福的。他仍然是忠于自己事业的老教师，并没有人掐着他的脖子叫他怎样讲文学。当然，紧接着文艺界这些不幸，这样关心文学事业的田先生，不会一直听不见看不见。不幸的是我，不能再和他细谈。

我默默不能赞一词，竟眼看着我本以为应当光华四射的老师终于湮没。我胡思乱想，整夜睡不着，有时想，真不如那时候田先生不教我，不让我知道什么左翼文学，要没有这位先生多好。有时候又想起十六岁的时候，这位影响我最深的先生，我怎能忘掉。

到现在我来提笔怀念田先生，是没有什么可顾虑的了，可是算一算他该已八十几岁，谁知道还在不在人世啊。

老师对我说

◎何为

　　隔了三十多年以后,去年秋末,我又到了满城园林的苏州。一天下午,在昔日颇负盛名的城内某大学旧址,一个爬满藤萝的石砌大礼堂里,我回顾了自己文学创作的道路,不知怎么,最后竟谈到我少年时代的两位老师。

　　时近黄昏,幽暗的池座里恍如浮起一层轻雾。台下人影模糊,落日光带来一种朦胧的感觉。在座的都是老师和未来的老师们。谢谢他们的耐心,让我在大庭广众之间,追溯漫长岁月里的艰难历程。我怀着眷念和感激之情,述说四十多年前引导我走上文学道路的两位老师,无非是要借此向新时代的老师致以敬意。我发觉自己回忆往事的声音,在这个秋之暮,听起来连自己都感到是一种独白,充满了怀念,充满了依恋。

　　可是谁也不知道,当时我对着台下众多的老师,忽发奇想,想象当年我那两位老师,倘若今天也坐在我前面,倾听一个上了年纪的学生,报告历年来在重重困难下做了些什么作业,将会在作文卷中批上一个什么分数?也许刚刚及格,或竟是触目的红笔批语:"文不对题!"颇有大喝一声以示训诫之意,不过这并不影响我对文学的爱好。开始我随同可爱的木偶匹诺曹经历了种种奇遇,旋即又钻进《水浒》、《三国》和《西游记》迷人的世界里。到了李先生的课堂上，我不胜奇怪，从第一堂作文课直到期终的毕业考试，仿佛一次又一次的奇遇，我的作文忽然都变得优秀起来，几乎每一篇都名列第一。有几次，李先生还在课堂上当众朗读我的作文，时或即席讲述一番，详细分析为什么要加以赞扬的原因，这时他那瘦削的脸上就泛起兴奋的红光。倘有用辞不当之处也必定加以指正，凡是他批改过的作文，即使一个错误的标点符号，在他深度的近视眼下也绝不会放过。他于是稍稍停顿片刻，向我投来逼人的眼光。那闪闪发光的视线里既有严格的要求，也有热烈的期望。他无声的话比说出来的要多得多。末了总是一阵呛咳，朗读也到此中止了。这实在使我又感动又难过。

在李先生的教诲和鼓舞下，就这样结束了我的小学时代。现在一转眼就要离别了，半年来课堂上的情景又历历在目。

一阵掌声，我从沉思中抬起头来。

简单的欢送仪式举行过后，在铺着洁白台布的一字形长桌尽头，李先生侧身站在桌旁。还没有开口，他用手帕掩着嘴咳了一会，随后以他锐利的眼光扫视全场。我想，只有一颗真正火热的心，才能隔着厚厚的镜片闪射出那样炽热的光芒。

"哦，毕业了。"李先生说了几句贺词，声调逐渐高昂，"在这个可诅咒的时代，毕业等于失业，摆在同学们前面的道路——不是生路，就是死路；不是新路，就是老路，再没有别的路可走了！"

停停，他又讲下去，几乎变成愤激的大声呐喊："鲁迅先生说过，其实地上本没有路，走的人多了，也便成了路。同学们！你们往后走哪条路，由你们选择，可是千万别重蹈覆辙，再踏上前人走过的那条自取灭亡的绝路！不！你们要去闯出一条崭新的路,去,去吧,去走新的路!"

听起来声音有点古怪。这临别赠言有若沉闷黑夜里爆出一声惊雷,全场的同学无不为之愕然。李先生过于激动,慢慢坐下来,呛咳着。我近旁一个女同学埋下头去,一缕长发云彩般披落在肩头。她闭上眼睛,泪珠滚落在她苍白的脸上。

我即将离开那个城市,出发远行以前,同那个女同学最后一次去看望李先生。他目光炯炯,紧紧拉着我们的手,说以后要多给他去信。沉默半晌,他忽然从杂乱无章的书架上,随手抽出一本墨绿色封面的书,认真地写上给某某同学留念的字样。这是我第一次看到那一本美丽的书,一九三一年间陈梦家编选的一本诗选,其中包括闻一多几首著名的诗作。

那一年秋天风雨如晦,我又回到上海读初中。过了不久,听说李致远先生的病终于不治,溘然长辞,身后萧条,只留下一堆不值几块大洋的文学书刊而已。他是旧时代一个默默无闻的小学教员,在他平凡的岗位上,耗尽了他全部的光和热。我引以为憾的是没有照他的嘱咐,给他写过一次信;可是在那个多雪的冬天里,我写下了我的第一篇散文,那篇文章发表时用了一个有纪念意义的题目:《路》。

如果说李致远先生指点我应该走什么道路,那么进一步引领我走上文学道路的是孙太禾先生。

孙先生是我在初中一年级和二年级的国文女教师。在我记忆的画廊里,她永远是一个富有魅力的女性形象,身材修长,风姿绰约,雍容大方。有一次她穿一套垂地的天蓝色西式衣衫,又罩上一件深蓝色的披肩,远远看去像外国童话里的天使。然而在现实生活里,这却成为几个淘气的同学借以嬉笑的话题。她毫不在乎，一笑置之。其实她那时才二十五六岁，没有结婚，大学毕业后就在这个中学里当教员。

整整两年，她给予我精神上的东西是很多的。

由于她的指引，我开始涉猎一些世界文学名著，从童话的幻想天地进入一个引人入胜地展示人类灵魂的精神世界。她的文学修养根底很深，而且有她自己的精辟见解。我们班上除了每周两小时的作文课以外，还有定期的课外读书随笔，先写内容提要，以后再写读后感。往往我做了一篇作文或一篇读书随笔之类的作业，她总是在后面写下一大篇批语，有时长达两三页之多。那不是老师例行的课卷批语，而是一种热情的倾谈。她的文字优美，很有文学性，且带着浓郁的感情色彩。她又写得一手好字，尤其是她的毛笔字，刚健峻拔，不像出于一个女教师之手。回想起来，每次发下课卷，我是多么热切地寻找她的批语，又从中得到多少鼓舞和启示啊！

某次，她写着这样的话："文艺是生活的反映。生活的范围有多大，文艺的范围就有多大。"

又一次，她强调指出："文艺无论如何要站在时代的前列，提出时代的症结，以感情的力量表现出来，激起大众强烈的爱憎。震撼千万人的心灵，知所奋发，那文艺才是时代需要的文艺。"

须知，这都是四十多年前一个中学老师的话，即使在今天听起来依然亲切，发人深省。

一九三七年风云密布的夏天，暑假快要来临了，正是抗战前夕。六月里一个炎炎的下午，她约我到学校对面一家小馆子里吃冷饮。那天她谈了许多课堂上不可能谈到的话。谈腐败的社会，谈人生和理想，也稍稍谈到她自己。她是一个被撤职的法官的女儿，从小生长在北京，经受了生活的磨炼，饱尝了不少挫折和痛苦。我第一次看见她燃起了一支白金龙香烟，她淡淡一笑，若有所思地说："你将来也会懂的。"

我茫然不解，默默地从她手里接过一本烫金纪念册，那是我刚刚买来，请她在上面第一个题字留念的。想不到这是我们最后的一面。以后是严酷的战争来了，学校毁于炮火之中。那兵荒马乱的年头，她到哪里去了呢？好像无情的战争巨浪一下子把她席卷而去，从此音讯杳然。那年隆冬，一个夜间来客意外地带来了女老师的消息。一说是海轮失事，一说是她投海自尽，总之，她葬身于大海，被旧社会的茫茫大海吞噬了。大海夺去了她那么年轻的生命。大海成为她最后的归宿。

然而，这许多年以来，在我走过的这条断断续续的文学道路上，这位热情美丽的女老师始终陪伴着我，时时鞭策着我，不断鼓励我努力前进。她批改过的作文簿和读书随笔不下二十余本，也没有一天离开过我。一九七〇年我被迫迁居农村，不幸在搬家时辗转失落了。只是她给我的六七封信和纪念册的几张残页，总算还留存下来。不久前，我鼓起勇气，从旧书箱里找出她写在我纪念册里的几句话，对照一下我自己，便感到一阵惶恐不安。

那是从遥远岁月里传来的问询：

"我们过去两载的情谊与我对你未来的希望，这里是难言的。我来问问你吧：一个人幼年的爱好，是会支配一生的遭际的，假如遭际不如意，你会不会后悔呢？你对它忠实的程度能发一个什么样的誓言呢？"

我并不后悔。我对自己幼年爱好的文学事业忠贞不渝，不过对老师的问题很可能要终其一生才能做出最好的答案。

于是又响起她感情洋溢的声音：

"我以你最忠实的朋友的资格，看你用大众创造的语言，去对不醒的世界吹喇叭，我等待着为你拍手！"

我的老师，假如我有一支喇叭而又能够吹响，那是你亲手给我的。假如我以前吹得并不怎么响亮，今后我将奋不顾身举起手中的喇叭，用力气吹得响亮一些，就像老师在那里等待着我！

深秋黄昏的最后一抹余晖渐渐消逝了。石砌的大礼堂里，蓦地灯火灿然。站在那么多的老师面前，我想说，今天的世界是多么幸福，要是我的老师至今犹在人间该有多好！不，我的老师将永远和我同在！我亲爱的老师！

我的话完了。我没有说的话也许比我说出来的更多，也许在座的老师们能听得出，也许不。

这是一个值得纪念的下午，充满了回忆，充满了希望。

1979 年 1 月

华老师，你在哪儿？

◎王蒙

在我快要满七周岁的时候，升入当时的北平师范学校附属小学二年级，那是一九四一年，日伪统治时期。

我至今还记得北师附小的校歌：

北师附小是乐园，

汉清百岁传，

……

向前，向前，

携手同登最高巅。

第二句"汉清"两个字恐怕有误，如果这个学校是从汉朝办起的，那就不是"百岁传"，而是一千几百年了，大概目前世界上还没有那么古老的学校。

在小学一年级，我们的级任老师姓葛，葛老师对学生是采取放羊政策的，不大管，一遇到天气冷，学校又没有经费买煤生火炉，以至有的小同学冻得尿了裤子（我也有一次这样的并不觉得不光荣的经历），葛老师便干脆宣布提前散学。

二年级换了一位老师叫华霞菱，女，刚从北平师范学校（简称北师）毕业，二十岁左右，个子比较高，脸挺大，还长了些麻子，校长介绍说，她是北师的高才生，将担任我们班的级任老师。

她口齿清楚，态度严肃，教学认真，与葛老师那股松垮垮的劲头完全相反。首先是语音，她用当时的"国语注音符号"一个字一个字地校正我们的发音，一丝不苟。我至今说话的发音，还是遵循华老师所教授的，因此，有些字读得与当代普通话有别。例如"伯伯"，我读"bebe"，而不肯读"bobo"；"侦察"的"侦"，我读为"蒸"；"教室"的"室"，我读上声而不肯读去声等等。为"伯"、"磨"之类的字的读法我还请教过王力教授，他对我的读音表示惊异。其实我出生就在北京，如果和真正的老北京在一起，我也会说一些油腔滑调的北京的土话的，但只要一认真发言，就一切按照华老师四十多年前的教导了，这童年的教育可真重要。

　　华老师对学生非常严格，经常对一些"坏学生"训诫体罚（站壁角、不准回家吃饭），我们都认为这个老师很厉害，怕她。但她教课，考作业实在是认真极了，所以，包括被处罚得哭了个死去活来的同学，也一致认为这是一个比葛老师强百倍的老师，谁说小孩子不会判断呢？

　　小学二年级，平生第一次造句，第一题是"因为"。我造了一个大长句，其中有些字不会写，是用注音符号拼的。那句子是：

　　"下学以后，看到妹妹正在浇花呢，我很高兴，因为她从小就不懒惰。"

　　华老师在全班念了我这个句子，从此，我受到了华老师的"欣赏"。

　　但是，有一次我出了个"难题"，实在有负华老师的希望。华老师规定，"写字"课必须携带毛笔、墨盒和红模字纸，但经常有同学忘带致使"写字"课无法进行，华老师火了，宣布说再有人不带上述文具来上"写字"课，便到教室外面站壁角去。

偏偏刚宣布完我就犯了规，等想起这一节是"写字"课时，课前预备铃已经打了，回家再取已经不可能。

我心乱跳，面如土色。华老师来到讲台上，先问："都带了笔墨纸了吗？"

我和一个瘦小贫苦的女生低着头站了起来。

华老师皱着眉看着我们，她问："你们说怎么办？"

我流出了眼泪。最可怕的是我姐姐也在这个学校，如果我在教室外面站了壁角，这种奇耻大辱就会被她报告给父母……天哪，我完了。

全班都沉默着，大家感到了问题的严重性。

那个瘦小的女同学说话了："我出去站着去吧，王蒙就甭去了，他是好学生，从来没犯过规。"

听了这个话我真是绝处逢生，我喊道："同意！"

华老师看了我一眼，摇摇头，叹了口气，厉声说了句："坐下！"

事后她把我找到她的宿舍，问道："当×××（那个女生的名字）说她出去罚站而你不用去的时候，你说什么来着？"

我脸一下子就红了，我无地自容。

这是我平生受到的第一次最深刻的品德教育，我现在写到这儿的时候，心仍然怦怦然，不受教育，一个人会成为什么样呢？

又有一次考"修身"课，其中一道答题需有一个"育"字，我头一天晚上还练习过好几次这个"育"字，临考时却怎么也想不起来了，觉得实在冤枉，便悄悄打开书桌，悄悄翻开了书，找到了这个"育"字，还自以为无人知晓呢。

发试卷时，华老师说："这次考试，本来有一个同学考得很好，但因为一些原因，他的成绩不能算数。"

我一下子又两眼漆黑了。

又是一次促膝谈心，个别谈话，我承认了自己的错误，华老师扣了我10分，但还是照顾了我的面子，没有在班上公布我考试作弊的不良行为。

华老师有一次带我去先农坛参加全市小学生运动会，会前，还带我去一个糕点铺吃了一碗油茶，一块点心，这是我平生第一次"下馆子"，这种在糕点铺吃油茶的经验，我借用了写到《青春万岁》里苏君和杨蔷云身上了。

运动会开完，天黑了，挤有轨电车时，我与华老师失散了，真挤呀，挤得我脚不沾地。结果我上错了车，我家本来在"西四牌楼"附近，却坐了去"东四牌楼"的车，到了东四，仍然下不来车，一直坐到了北新桥终点站。后来我还是找回了家，从此，我反而与华老师更亲了。

我们上学时候的小学，每逢升级，级任老师就要换的，因此，一九四二年以后，华老师就不再教我们了，此后也有许多好老师，但没有一个像华老师那样细致地教育过我。

一九四五年抗日战争胜利以后，国民党政府从北平号召一部分教师去台湾任教以推广"国语"，华老师自愿报名去了，据说从此她一直在台北。

目前我得知北京师大附小的特级教师关敏卿是当年北师附小的"唱游"教师，教过我的，我去看望了关老师。我与关老师谈了很多华老师的事。关老师在北师时便与华老师同学，后来，关老师还找出了华老师的照片寄给我。

华老师，您能得知我这篇文章的一点信息吗？您现在可好？您还记得我的第一次造句(这是我的"写作"的开始呀)吗？您还记得我的两次犯错误么？还有我们一起喝油茶的那个铺子,那是在前门、珠市口一带吧？对不对？我真想念您,真想见一见您哪。

我还感觉到他的手温

◎钱理群

人们一入老境，便时时有"怀旧"之想。今年以来，我就一直陷入对老师的怀念中不能自拔，总想写些什么，却又不知从何写起。而且我要坦白地承认，我最急于偿还的还不只是指引我走上学术研究道路的王瑶师的恩情；我要向我的一位中学语文老师献上我的感激与忏悔。他的声名远没有王瑶师那么显赫，他至今还默默无闻地在一间小屋里做着生命的最后挣扎，除了少数亲友、学生，人们很少谈论他；但在我，他却是挺立高山之上的伤痕累累的一株大树，并时时给我以心灵的重压……

他，便是曾在南京师范大学附属中学、幼儿师范任教的卢冠六先生。

记得是刚进入初中二年级的那学期，班上同学风传将要调来的语文老师是一位儿童文学作家，这在崇拜名人的中学生中自然引起了许多猜想。但久久期待后终于出现在我们面前的卢冠六先生，却使我们有几分失望：矮矮胖胖的身材，朴素的衣着，都与我们想象中的"作家"不大相符；只有那高度近视的眼镜，以及时时露出的慈祥的微笑，让人想起儿童读物中经常出现的"讲故事的老人"。但我仍不敢接近他，不知道是因为敬畏还是胆怯。在一次作文课上，卢老师出了"慰问皖北受灾小朋友"的作文题后，按惯例在教室里来回巡视，走到我面前，突然停住了，指着我在稿上写的一行字："可恶的西北风呀，我恨你，你让我的小朋友挨饿受冻。"问我："你在写诗?"我大吃一惊，因为在我的心目中，写诗是大人的事，与我是怎么也联不上的，连忙站起来说："不，不，我……"大概我当时脸涨得通红，卢老师笑了，温和地说："是呀，只要稍微改一改，押上韵，就像首儿歌了。"我很快醒悟过来，没等老师走开，就急切地坐下来，心中涌动着创造的激情，手不停笔地唰唰唰写下去，不到下课时间，一首题为《可恶的西北风》的儿歌写成了，兴冲冲地交上去以后，就陷入了难耐的等待中。一个星期以后，作文发下来了，只略略改了几个字，篇末竟是一大篇热情洋溢的鼓励之词! 我兴奋得不能自持，好几个星期都晕晕乎乎的，只是不停地写着，写着……终于抱着一堆"诗稿"，怯怯地敲开了先生住所的门，却又立刻被先生房间里堆满的书吸引住了。先生指着桌上的书稿告诉我，他正在为上海的几家书店编写"革命导师的故事"及其他儿童故事。我自然不敢翻动，却瞥见文稿上写着"乐观"两个字，心里直纳闷：老师明明叫"卢冠六"，为什么又自称"乐观"呢? 卢老师大概看出了我的疑惑，解释说，"乐观"是他的"笔名"。接着又补上一句："你将来写文章发表时，也可以用笔名嘛!"我的脸又唰地红了，心跳得厉害。大概就从此刻起，我开始做起"作家、学者梦"来，一直做到今天。这在当时却是埋在心底的秘密，不敢向任何人述说。不料有一天，卢老师突然把我和另外一位同学叫到他的办公室里，郑重其事地对我们说："你们俩合写一本书吧，我已经与上海的书店联系好了，题目就叫'一个少年儿童队员的日记'。"我简直不敢相信自己的耳朵，冲口而出："我们能行吗?"老师又笑了:"怎么不行？就跟平时作文一样写,当然,也还需要一点'虚构'、'想象'。"卢老师仿佛故意不注意我们的惊喜、疑虑,只是像平时讲课那样,细细地给我们讲授起创作基本常识来。我于是在卢老师的具体指导下,如痴如醉地写"书"了。从此,在我的面前展开了一个新的天地,我于是时时沉浸在难言的创造的发现与喜悦中。尽管这本书后来因为书店的变迁没有能够出版,但这创作的、也是生命的全新体验却永远地刻在我的心上,从此与"笔耕生涯"结下了解不开的情缘。

不知从什么时候起,在学校老师与同学心目中,我成了卢老师的"得意门生"。但谁能料到这种亲密关系竟会引出灾祸。记不得是一九五四年下半年,还是一九五五年上半年,学校领导突然找我谈话,正色告诉我:卢老师在"肃反运动"中受到审查,并且态度顽固,不肯交代问题,组织上要求我以先生最喜爱的学生的身份在大会上发言,对卢老师进行"规劝"。这对我无异于晴天霹雳,对所说的一切,我不敢相信,却也不能不相信。一边是卢老师,一边是组织,我的选择必然是悲剧性的:我终于出现在批判卢老师的大会上。记不清我当时说了什么,只记得在我"发言"以后,卢老师被迫站起来表态,表示"感谢同学对我的帮助",但我却从他偶然扫向我的眼光里分明看出他的"失望",我慌忙溜了出来,并且再也不敢接近卢老师。他那失望的一瞥鞭打着我幼稚的心灵,从此失落了少年时代的单纯与快活,蒙上了抹不掉的阴影。后来卢老师调离了我们学校,只听说他的境遇越来越坏,我却始终没有勇气去看望老师,却又因此而不断谴责自己的软弱。这生平第一次心灵的受伤,似乎永远也无法治愈……

以后的路是漫长而痛苦的。我时时想念被我无情无义地伤害了的恩师,却再也没有和他通过一次信。直到前几年我们在他那间破旧的小屋再见时,他已双目失明。但他一听见我的声音,就立刻"认"出了我,紧紧地拉住我的手,絮絮地告诉我,这些年他如何到处打听我的消息,仿佛已经忘记了不愉快的过去。我却不能忘记,一边听老师讲话,眼前浮现的却是那难堪的一幕。老师却看不见我悔恨的若有所失的神情,继续兴奋地告诉我,他已经平反;新中国成立前夕,他听从地下党的指示,劝说上海许多中小学校长留在大陆是有功的;又突然说起他当年的创作生涯:早在二十年代末,他就写过《自学成功者》等故事和三卷《小学剧本集》(与他人合作);三十年代到四十年代,先后出版了《昆虫的生活》、《晨钟之歌》、《胜利之歌》等儿童故事、诗歌;五十年代,又编写了大量儿童故事、谜语,并受教育部委托,起草了师范学校儿童文学教学大纲;直到现在,还在写回忆性散文,收在《金陵野史》一书中……他说得这样急切,怕我听不懂,又用笔在纸上写着,尽管字迹互相重叠,几乎无法辨明,但他仍然塞给我,要我好好保存。看着这位从二十年代起就为中国儿童文学事业和教育事业奋斗不息的老人,想着我对他的伤害,我说不出一句话。拿着他手写的创作目录,有如捏着一团火烧灼着我的心。我依然是"逃"了出来,老人还追在背后呼唤我"再来"……

　　去年的深秋,我们又见了一面:老人神志已经不甚清楚,但仍然记着我,用他干枯的手握住我久久不放。此刻,我仿佛还感觉到他的手温,和他永远赐给我的爱。而我将何以报答呢?我只能如实地写下我的过失与悔恨,以此告诫年轻的朋友——

千万不要伤害你的老师！不管用什么形式，自觉还是不自觉，那将是永远不能原谅的罪过！

1990 年 5 月 24 日

老师窗内的灯光

◎韩少华

我曾在深山间和陌巷里夜行。夜色中,有时候连星光也不见。无论是山怀深处,还是小巷子的尽头,只要能瞥见一豆灯光,哪怕它是昏黄的,微弱的,也都会立时给我以光明、温暖、振奋。

如果说,人生也如远行,那么,在我蒙昧的和困惑的时日里,让我最难忘的就是我的一位师长的窗内的灯光。

记得那是抗战胜利,美国"救济物资"满天飞的时候。有人得了件美制花衬衫,就套在身上,招摇过市。这种物资也被弄到了我当时就读的北京市虎坊桥小学里来。我曾在我的国语老师崔书府先生宿舍里,看见旧茶几底板上,放着一听加利福尼亚产的牛奶粉。当时我望望形容消瘦的崔老师,不觉想到,他还真的需要一点滋补呢……

有一次,我写了一篇作文,里面抄袭了冰心先生《寄小读者》里面的几个句子。作文本发下来,得了个漂亮的好成绩。我虽很得意,却又有点儿不安。偷眼看看那几处抄袭的地方,竟无一处不加了一串串长长的红圈!得意从我心里跑光了,剩下的只有不安。直到回家吃罢晚饭,我一直觉得坐卧难稳。我穿过后园,从角门溜到街上,衣袋里自然揣着那有点像赃物的作文簿。一路小跑,来到校门前。一推,吱了一声,还好,门没有上闩。我侧身进了校门,悄悄踏过满院由古槐树冠上洒落的浓重的阴影,曲曲折折地终于来到了一座小小的院落里。那就是住校老师们的宿舍了。

透过浓黑的树影,我看到了那样一点亮光——昏黄,微弱,从一扇小小的窗格内浸了出来。我知道,崔老师就在那窗内的一盏油灯前做着他的事情——当时,停电是常事,油灯自然不能少。我迎着那点灯光,半自疑又半自勉地,登上那门前的青石台阶,终于举手敲了敲那扇雨淋日晒以至裂了缝的房门。

笃、笃、笃……

"进来。"老师的声音低而弱。

等我肃立在老师那张旧三屉桌旁,又忙不迭深深鞠了一躬之后,我觉得出老师是在边打量我,边放下手里的笔,随之缓缓地问道:

"这么晚了,不在家里复习功课,跑到学校里做什么来了?"

我低着头,没敢吭声,只从衣袋里掏出那本作文簿,双手送到了老师的案头。

两束温和而又严肃的目光落到了我的脸上。我的头低得更深了,只好嗫嗫嚅嚅地说:

"这、这篇作文、里头有我抄袭人家的话,您还给画了红圈儿,我骗、骗……"

老师没等我说完,一笑,轻轻撑着木椅的扶手,慢慢起来,到靠后墙那架线装的和铅印的书丛中,随手一抽,取出一本封面微微泛黄的小书。等老师把书拿到灯下,我不禁侧目看了一眼——那竟是一本冰心的《寄小读者》!

还能说什么呢?老师都知道了,可为什么……

"怎么,你是不是想:抄名家的句子,是之谓'剽窃',为什么还给打红圈?"

我仿佛觉出老师憔悴的面容上流露出几分微妙的笑意,心里略松快了些,只得点了点头。

老师真的轻轻笑出了声,好像并不急于了却那桩作文簿上的公案,却抽出一支"哈德门"牌香烟,默默地燃了,吸着;直到第一口淡淡的烟消融在淡淡的灯影里的时候,他才忽而意识到了什么,看看我,又看看他那铺垫单薄的独卧板铺,粲然一笑,教训里不无怜爱地说:

"总站着干什么,那边坐!"

我只得从命,两眼却不敢望到脚下那块方砖之外的地方去。

又一缕烟痕,大约已在灯影里消散了,老师才用他那低而弱的语声说:

"我问你,你自幼开口学话是跟谁学的?"

"跟……跟我的奶妈妈。"我怯生生地答道。

"奶妈妈? 哦,奶母也是母亲。"老师手中的香烟只举着,烟袅袅上升,"孩子从母亲那里学说话,能算剽窃吗?"

"可、可我这是写作文呀!"

"可你也是孩子呀!"老师望着我,缓缓归了座,见我已略抬起头,就眯细了一双不免含着倦意的眼睛,看看我,又看看案头那本作文簿,接着说,"口头上学说话,要模仿;笔头上学作文,就不要模仿了么? 一边吃奶,一边学话,只要你日后不忘记母亲的恩情,也就算是好孩子了。"这时候,不知我从哪里来了一股子勇气,竟抬眼直望着自己的老师,更斗胆抢过话来,问道:

"那,那作文呢?"

"学童习文,得人一字之教,必当终身奉为'一字师'。你仿了谁的文章,自己心里老老实实地认人家做老师,不就很好了么?模仿无罪。学生效仿老师,谈何'剽窃'!"

我的心,着着实实地定了下来;却又着着实实地激动起来。也许是一股孩子气的执拗吧,我竟反诘起自己的老师:

"那您也别给我打红圈呀!"

老师却默默微笑,掐灭手中的香烟,向椅背微靠了靠,眼光由严肃转为温和,只望着那本作文簿,缓声轻语着:

"从你这通篇文章看,你那几处抄引,也还上下可以贯串下来,不生硬;就足见你并不是图省力硬搬的了。要知道,模仿既然无过错可言,那么聪明些的模仿,难道不该略加奖励么——我给你加的也只不过是单圈罢了……你看这里!"

老师说着,顺手翻开我的作文簿,指着结尾一段。那确实是我绞得脑筋生疼之后才落笔的,果然得到了老师给重重加上的双圈——当时,老师也有些激动了,苍白的脸颊,微漾起红晕,竟然轻声朗读起我那几行稚拙的文字来。读罢,老师微侧过脸来,嘴角含着一丝狡黠的笑意说:

"这几句么,我看,就是你从自己心里掏出来的了。这样的文章,哪怕它还嫩气得很,也值得给它加上双圈!"

我双手接过作文簿,正要告辞,忽见一个人,不打招呼,推门而入。他好像是那位新调来的"训育员",平时总是金丝眼镜,毛哔叽中山服,面色更是红润光鲜;现在,他披着件外衣,拖着双旧鞋,手里拿个搪瓷盖杯,对崔老师笑笑说:"开水,你这里……"

"有。"崔老师起身,从茶几上拿起暖水瓶给他斟了大半杯;又指了指茶几底板上的"加利福尼亚",笑眯眯地看了来人一眼,"这个,还要么?"

"呃……那就麻烦你了。"

等老师把那位不速之客打发得含笑而去后,我望着老师憔悴的面容,禁不住脱口问道:

"您为什么不留着自己喝?您看您……"

老师默默地,没有就座。高高的身影印在身后那灰白的墙壁上,轮廓分明,凝然不动。只听他用低而弱的语声,缓缓地说道:"还是母亲的奶最养人……"

我好像没有听懂,又好像不是完全不懂。仰望着灯影里的老师,仰望着他那苍白的脸色,憔悴的面容,又瞥了瞥那听被弃置在底板上的奶粉盒,我好像懂了许多,又好像还有许多、许多没有懂……

半年以后,我告别了母校,升入了当时的北平二中。当我拿着入中学第一本作文簿,匆匆跑回母校的时候,我心中是揣着几分沾沾自喜的得意劲儿的,因为,那簿子里画着许多单的乃至双的红圈。可我刚登上那小屋前的青石台阶的时候,门上一把微锈的铁锁,让我一下子愣在那小小的窗前。听一位住校老师说,崔老师因患肺结核,住进了医院。

临离去之前,我从残破的窗纸漏孔中向老师的小屋里望了望——迎着我的视线,昂然站在案头上,是那盏油灯:灯罩上蒙着灰尘;灯盏里的油,已几乎熬干了……

时光过去了近四十年。在这人生的长途中,我确曾经历过荒山的凶险和陌巷的幽曲;而无论是黄昏,还是深夜,只要我发现了远处的一豆灯光,就会猛地想起我的老师窗内的那盏灯,那熬了自己的生命,也更给人以启迪,给人以振奋,给人以光明和希望的,永不会在我心头熄灭的灯!

婉穗老师

◎斯妤

一

　　婉穗老师姓陈,但没有人叫她"陈老师",学堂里每一个人,无论老师还是学生,都叫她"婉穗老师"。婉穗老师也不教书,她是中学里的一名会计,但依然没有人称她会计,人人都喊"婉穗老师"。

　　在我们闽南,只要是在学堂里做事,便就是先生,便就要尊称老师。

二

　　婉穗老师有一个妹妹,年轻并且美丽,镇上的英俊少年,富家子弟,无不或偷偷或公开地追求她。婉穗老师却不然,她已四十有余,却始终孑然一身,处子风度依旧。

三

　　婉穗老师有一米七〇之高。一副棱棱瘦骨凑成了她的肩膀。肩膀上是长长的脖子,曲线很好的脸上有一双凹而大的眼睛。

婉穗老师的两颊也是凹陷的,她的背并且永远地微驼着。

婉穗老师走路的时候,总是拱着肩,低着头,身体前倾,气喘微微,如同一匹负载的瘦马。

四

我的母亲和婉穗老师很熟,她说她十年前调到这个镇上和婉穗老师共一所学堂时,婉穗老师就是这样高这样长这样凹陷这样气喘微微的。

母亲并且说,婉穗老师虽然相貌平平却很孤傲,一般的人,她都不屑于搭理的;虽然孤傲,心地却善良,差不多的学生,没钱交学费了,去找她,总能拿到三角、五角的。

五

婉穗老师很有些钱,她是我们镇上最有钱的华侨地主"莲花洲陈"的长房长孙女。虽然后来陈家的产业失散了大半,婉穗老师却依然有钱,依然睡觉的时候有一对雪白的缎面绣花大抱枕陪伴。

(当然,这是她谢世后人们才知道的。)

六

婉穗老师虽然有钱,却绝对不愿在家吃闲饭。她在学堂里前后做了十四年的事，只要不生病，每天准在七点三十起步，七点四十五抵达办公室，没有一天例外。寒暑假，学堂放假了，婉穗老师却不放假，照样每天七点三十起步，七点四十五抵达。到了办公室，或翻翻账目，或看看旧报，实在无事可做，便低头静坐。挨过了一个上午，婉穗老师便复背起那永远鼓鼓囊囊的黄色帆布包，拱肩、低头、慢慢走回莲花洲。

七

婉穗老师后来添了一对养子女。这养子女是她唯一的一个朋友的儿女。这朋友和她共过事，知道她孤单孤僻善良有钱，知道她将近晚年却膝下无子，便慷慨地将她最末的两个孩子送给婉穗老师。

八

婉穗老师的养女黛玲到莲花洲来当养女时年龄已和我相仿。她做了婉穗老师的女儿便时常随婉穗老师来我们家。每当这种时候，我和黛玲便叽叽喳喳，在我房间里或读书或唱歌，婉穗老师却只是啜着一杯清茶，和母亲相对静坐，直到一个多小时的拜访结束，也不开口说一句话。

（我的母亲其实是健谈的人，她之所以静默，完全是为着配合婉穗老师。这是我长大后才明白的。）

九

婉穗老师的居所莲花洲是一个四面环水的小岛。小岛的四周原先飘满了莲花,莲花洲因此而得名。后来莲花洲四围见不到莲花了,只剩下没有色彩没有变化的清清河水。

婉穗老师闺房前的天井里却依旧养着两排莲花,共计十六缸。婉穗老师很爱莲花,她每次从学堂里回来,第一件事就是到那列队而立的莲花缸前,依次检阅,细细观赏。

婉穗老师的养女黛玲后来却发现,她的"姨妈"(她管婉穗老师叫姨妈)其实只爱莲叶不爱莲花。莲花一旦含苞欲放,婉穗老师立刻毫不留情地将它掐去,没有一丝一毫的犹豫。

所以那两排短而胖的水缸里才永远飘着绿意,绝无一点花讯。

黛玲并且说,她的姨妈掐莲花时,总要拿一方白手绢垫手,并且带着一脸送葬的神情。

十

婉穗老师那时已没有父亲,只有一个继母是六十来岁的小老太太;大家都喊她"牡丹婆婆"。牡丹婆婆也常来我们家,因为她的小女儿,婉穗老师那个又年轻又美丽的妹妹婉榕姑娘在学堂里念高三,就在母亲的班上。

牡丹婆婆来的时候,我就拿一串关于婉穗老师的疑问去问她。牡丹婆婆听了,只是干干地笑。牡丹婆婆说:

"她的怪癖多着呢。"

"什么怪癖呀？"

"不吃早饭是不是怪癖？不许人进她的卧室是不是怪癖？不管冬天夏天窗户永远紧闭是不是怪癖？怪癖怪癖,她的怪癖多着呢!"

牡丹婆婆说着,不再干笑,转身去找我的母亲,商量她的宝贝"阿榕"考大学的事去了。

<h2 style="text-align:center">十一</h2>

我原来以为既然婉穗老师的养女黛玲喊牡丹婆婆作"阿嬷"(外婆),并且十二分地亲热,那么牡丹婆婆必是婉穗老师的母亲,必是待她十二分地亲热无疑。后来才知道牡丹婆婆其实只是一个婢女出身的继母,并且婉穗老师并不是陈家的亲骨血,她只是牡丹婆婆的前任抱养的。

还有人说婉穗老师甚至不是抱来的,她是陈家的老家人陈三从一片血泊中拣来的。她的亲生父母和诸多的兄姐全被土匪杀了,大概因为她是个女婴,又在襁褓期,盗匪们动了恻隐之心,才让她免死刀下的。

难怪婉穗老师也时常到陈三一脉单传的孙子陈全义家里静坐。

<h2 style="text-align:center">十二</h2>

婉穗老师虽然在襁褓期幸免于难,中年却无可挽回地早逝。我上初一那年冬天,婉穗老师终于不能每天像钟表那样准时出现在校门口了。她不得不喘微微地躺在病榻上。

婉穗老师日见衰弱,日见枯萎下去。奇怪的是婉穗老师虽然病得气息奄奄了,却依然不许人进她的卧室。牡丹婆婆给她送饭,只送到门口为止,黛玲和泓雯要尽孝心,也只到门口为止。若有客人探视,婉穗老师则一概不见,再熟的客人来,也只允许在她门口,高声说几句关切慰问的话。

我随母亲去看过她一次。母亲站在门槛边,隔着半开的门,大声说:

"婉穗老师,你要宽心静养。"

婉穗老师没有答话,屋里一阵剧咳。

"婉穗老师,药要按时吃!"

婉穗老师仍不答话,仍旧是一阵剧咳。

"婉穗老师,学校里的同事都记挂你,大家请你静心养病!"

婉穗老师咳得更离奇了,屋里传出一片空空空的咳嗽声。

那声音太古怪了,像急促的犬吠声,听着听着,毛孔全竖了起来。母亲也听不下去了,拉起我的手逃似的往前厅走,边走边胡乱地说:

"婉穗老师你好好养,我改日再来改日再来。"

十三

母亲之所以关照婉穗老师按时吃药,是因为牡丹婆婆说,婉穗老师那一阵已不好好吃药了,给她送去的汤药,往往仍旧放在房门口的石凳上,动也不动一下的。

后来婉穗老师总算进了医院。那是她第一次昏迷之后,她的妹妹和堂兄弟们不顾她的抗议,硬闯进卧室,用担架将她抬上了开往厦门的轮船,送她到市立医院。

　　婉穗老师进医院一周后就死了。听说她临终前翻来覆去只叫一个人的名字。那人其实早已故去,那人就是从血泊中把她捡回来的陈家的老家人陈三伯。

十四

　　婉穗老师一过世,陈家的人(除了婉榕姑娘和牡丹婆婆,尚有婉穗老师的堂兄堂弟婶娘侄女)和婉穗老师的养女黛玲家的人都忙碌起来。因为婉穗老师很有些财产,而且陈家只有婉穗老师得以保留这些财产,因为婉穗老师是孤女出身,赤贫出身,且有当年尚健在的雇农陈三伯的庇护,而不像婉榕姑娘既无人庇护,家庭出身又是华侨地主。

十五

　　但是婉穗老师早有安排。

　　镇上德高望重的庄牧师很快就造访了莲花洲。庄牧师出示了婉穗老师三年前立下的遗嘱。遗嘱全文如下:

　　　　余承先人之恩,有黄金十两,存款八千,余委托庄思明牧师在余身后将上述财产悉数赠给本镇下列女性:

　　　　孤儿出身,尚未成年者;

　　　　终生未婚,已近晚年者;

　　　　晚年独处,膝下无子者。

十六

　　庄牧师的造访当然令黛玲及其母亲伤心万分。她们尤其尴尬的是,婉穗老师的遗嘱竟然是黛玲和泓雯出任养子女的第二天立的。

　　牡丹婆婆却比较大度,牡丹婆婆说:

　　"怪人做怪事,一点也不奇怪,我算白伺候了她一辈子。罢罢罢,幸亏不是我养的,幸亏我们阿榕不是那副怪脾气。"

　　牡丹婆婆说着,走到婉穗老师的天井里,指挥人把那十六缸莲花一一抬出去卖了。

1988 年

理想的风筝

◎苏叔阳

春天又到了。

柳枝染上了嫩绿，在春风里尽情飘摆，舒展着自己的腰身。连翘花举起金黄的小喇叭，向着长天吹奏着生命之歌。而蓝天上，一架架风筝在同白云戏耍，引动无数的人仰望天穹，让自己的心也飞上云端。

逢到这时候，我常常不由自主地想起我的刘老师，想起他放入天空的风筝。

刘老师教我们历史课。

他个子不高，微微发胖的脸上有一双时常眯起来的慈祥的眼睛，一头花白的短发更衬出他的忠厚。他有一条强壮的右腿。而左腿，却从膝以下全部截去，靠一根被用得油亮的圆木拐杖支撑。这条腿何时、为什么截去，我们不知道，只是有一次，他在讲课的时候讲到女娲氏补天造人的传说，笑着对我们说："……女娲氏用手捏泥人捏得累了，便用树枝沾起泥巴向地上甩。甩到地上的泥巴也变成人，只是有的人，由于女娲甩的力量太大了，被摔到地上摔丢了腿和胳膊。我就是那时候被她甩掉了一条腿的。"教室里自然腾起一片笑声，但笑过之后，每个学生的心头都飘起一股酸涩的感情，同时更增加了对刘老师的尊敬。

他只靠着健壮的右腿和一支圆木棍,一天站上好几个小时,为我们讲课。逢到要写板书的时候,他用圆木棍撑地,右腿离地身体急速地一转,便转向黑板。写完了粗壮的粉笔字,又以拐杖为圆心,再转向讲台。一个年过半百的老师,一天不知道要这样跳跃旋转多少次。而他每次一转,都引起学生们一次激动的心跳。

他的课讲得极好,祖国的历史,使他自豪。讲到历代的民族英雄,他慷慨陈词,常常使我们激动得落泪。而讲到祖国近代史上受屈辱的岁月,他自己又常常哽咽,使我们沉重地低下头去。后来,我考入了历史学系,和刘老师的影响有极大的关系。

他不喜欢笔试,却喜欢在课堂上当众提问同学,让学生们述说自己学习的心得。我记得清楚极了,倘若同学回答得正确、深刻,他便静静地伫立在教室一侧,微仰着头,眯起眼睛,细细地听,仿佛在品味一首美妙的乐曲。然后,又好像从沉醉中醒来,长舒一口气,满意地在记分册上写下分数,亲切、大声地说:"好!五分!"倘若有的同学回答得不好,他就吃惊地瞪大眼睛,关切地瞧着同学,一边细声说:"别紧张,想想,想想,再好好想想。"一边不住地点头,好像那每一次点头都给学生注入一次启发。这时候,他比被考试的学生还要紧张。这情景,已经过去了将近三十年,然而,今天一想起来,依旧那么清晰,那么亲切。

然而,留给我印象最深的,还是刘老师每年春天的放风筝。

北方的冬季漫长而枯燥。当春风吹绿了大地的时候,人们的身心一齐苏醒,一种舒展的快意便浮上心头。当没有大风而且晴朗的日子,刘老师课余便在校园的操场上,放起他亲手制作的风筝。

他的风筝各式各样:有最简单的"屁帘儿",也有长可丈余的蜈蚣,而最妙的便是三五只黑色的燕子组成的一架风筝。他的腿自然不便于奔跑,然而,他却绝不肯失去亲手把风筝送入蓝天的欢乐。他总是自己手持线拐,让他的孩子或学生远远地擎着风筝。他喊声:"起!"便不断抻动手中的线绳,那纸糊的燕子便抖起翅膀,翩翩起舞,直窜入云霄。他仰望白云,看那青黑的小燕在风中翱翔盘旋,仿佛他的心也一齐跃上了蓝天。那时候,我常常站在他旁边,看着他的脸,那浮在他脸上甜蜜的笑,使我觉得他不是一位老人,而是一个同我一样的少年。

当一天的功课做完,暮色还没有袭上校园的上空,常常有成群的学生到操场上来参观他放风筝。这时候,他最幸福,笑声朗朗,指着天上的风筝,同我们说笑。甚至于,有一次,他故意地撒脱手,让天上飞舞的纸燕带动长长的线绳和线拐在地上一蹦一跳地向前飞跑。他笑着、叫着,拄着拐杖,蹦跳着去追赶绳端,喊着:"你们不要管,我自己来。"他终于气喘吁吁地抓住线绳,脸上飘起得意和满足的稚气。那天,他一定过得最幸福、最充实,因为他感到他生命的强壮和力量。

这情景使我深深感动。一个年过五十的残废的老师,对生活有着那样纯朴、强烈的爱与追求,一个活泼泼的少年又该怎样呢?

不见到他已经近三十年了,倘使他还健在,一定退休了。也许,这时候又会糊风筝,教给自己的子孙,把那精致的手工艺品送上天去。我曾见过一位失去了一条腿的长者,年复一年被断腿钉到床上，失去了活动的自由。我希望他不至于如此，可以依旧地仰仗那功德无量的圆木棍，在地上奔走、跳跃、旋转，永远表现他生命的顽强和对生活的爱与追求。然而，倘使不幸他已经永远地离开了我……不，他不会的。他将永远在我的记忆里行走、微笑，用那双写了无数个粉笔字的手，放起一架又一架理想的风筝。那些给了我数不清的幻梦的风筝将陪伴着我的心，永远在祖国的蓝天上滑翔。

刘老师呵，你在哪里？我深深地、深深地思念你……

1983 年 4 月 2 日深夜

我的老师

◎贾平凹

　　我的老师孙涵泊，是朋友的孩子，今年三岁半。他不漂亮，也少言语，平时不准父母杀鸡剖鱼，很有些良善，但对家里的所有来客却不瞅不睬，表情木然，显得傲慢。开始我见他只逗着取乐，到后来便不敢放肆，认了他是老师。许多人都笑我认三岁半的小儿为师，是我疯了，或耍矫情。我说这就是你们的错误了，谁规定老师只能是以小认大？孙涵泊！孙老师，他是该做我的老师的。

　　幼儿园的阿姨领了孩子们去郊游，他也在其中，阿姨摘了一抱花分给大家，轮到他，他不接，小眼睛翻着白，鼻翼一扇一扇的。阿姨问："你不要？"他说："花疼不疼？"对于美好的东西，因为美好，我也常常就不觉得它的美好，不爱惜，不保卫，有时是觉出了它的美好，因为自己没有，生嫉恨，多诽谤，甚至参与加害和摧残。孙涵泊却慈悲，视一切都有生命，都应尊重和和平相处，他真该做我的老师。

　　晚上看电视，七点钟中央电视台开始播放国歌，他就要站在椅子上，不管在座的是大人还是小孩，是惊讶还是嗤笑，目不旁视，双手打起节拍。我是没有这种大气派的，为了自己的身家平安和一点事业，时时小心，事事怯场，挑了鸡蛋挑子过闹市，不敢挤人，唯恐人挤，应忍的忍了，不应忍的也忍了，最多只写"转毁为缘，默雷止谤"自慰，结果失了许多志气，误了许多正事。孙涵泊却无所畏惧，竟敢指挥国歌，他真该做我的老师。

我在他家书写条幅，许多人围着看，一片叫好，他也挤了过来，头歪着，一手掏耳屎。他爹问："你来看什么？"他说："看写。"再问："写的什么？"说："字。"又问："什么字？"说："黑字。"我的文章和书法本不高明，却向来有人恭维，我也是恭维过别人的，比如听别人说过某某的文章好，拿来看了，怎么也看不出好在哪里，但我要在文坛上混，又要证明我的鉴赏水平，或者某某是权威，是著名的，我得表示谦虚和尊敬，我得需要提拔和获奖，我也就说："好呀，当然是好呀，你瞧，他写的这幅联，'×××××××，××××××春'，多好！"孙涵泊不管形势，不瞧脸色，不慎句酌字，不拐弯抹角，直奔事物根本，他真该做我的老师。

街上两人争执，先是对骂，再是拳脚，一个脸上就流下血来，遂抓起了旁边肉店案上的砍刀，围观的人轰然走散。孙涵泊他爹牵他正好经过，便跑过去立于两人之间，大喊："不许打架！打架不是好孩子，不许打仗！"现在的人很烦，似乎吃了炸药，鸡毛蒜皮的事也要闹出个流血事件，但街头上的斗殴发生了，却没有几个前去制止的。我也是，怕偏护了弱者挨强者的刀子，怕去制伏强者，弱者悄然遁去，警察来了脱离不了干系，多一事不如少一事，还是一走了之，事后连个证明也不肯做。孙涵泊安危度外，大义凛然，有徐洪刚的英勇精神，他真该做我的老师。

春节里，朋友带了他去一个同事家拜年，墙上新挂了印有西方诸神油画的年历，神是裸着或半裸着，来客没人时都注目偷看，一有旁人就脸色严肃。那同事也觉得年历不好，用红纸剪了小袄儿贴在那裸体上，大家才嗤嗤发笑起来，故意指着裸着的胸脯问他："这是什么?"他玩变形金刚，玩得正起劲，看了一下，说："妈妈的奶!"说罢又忙他的操作。男人们看待女人，要么视为神，要么视神是裸肉，身上会痒的，却绝口不当众说破，不说破而再不会忘记，独处里做了非分之想。我看这年历是这样的感觉，去庙里拜菩萨也觉得菩萨美丽，有过单相思，也有过那个——我还是不敢说——不敢说，只想可以是完人，是君子圣人，说了就是低级趣味，是流氓，千刀万剐。孙涵泊没有世俗，他不认作是神就敬畏，烧香磕头，他也不认作是裸体就产生邪念，他看了就看作是人的某一部位，是妈妈的某一部位，他说了也就完了，不虚伪不究竟，不自欺不欺人，平平常常，坦坦然然，他真该做我的老师。

　　我的老师话少，对我没有悬河般的教导，不布置作业，他从未以有我这么个学生而得意过，却始终表情木然，样子傲慢。我琢磨，或许他这样正是要我明白"口锐者天钝之，目空者鬼障之"的道理。我是诚惶诚恐地待我老师的，他使我不断地发现着我的卑劣，知道了羞耻，我相信有许许多多的人接触了我的老师都要羞耻的。所以，我没有理由不称他是老师!我的老师也将不会只有我一个学生吧?

我的启蒙老师

◎格非

一九七一年九月,我们村庄像变戏法似的一夜之间变出了一所小学。一些略微识得几个字的农民于是也就一夜之间变成了我们的老师。这所学校开始时竟然是露天的,后来搬入一座破庙,用土、秸秆糊了几排课桌。再后来新建的校舍落成,但课桌仍然是泥砌的。所不同的是,麦秸秆和泥巴糊成的桌面上刷了一层白石灰。我们一不小心就会将铅笔扎入桌面。时间一长,几乎每张课桌上都布满了一个个圆洞。到了春天,这些洞里住进了蜜蜂,当那些肥肥的蜜蜂从洞里钻出来的时候(它们通常是臀部先出来),班级里哪怕是最胆小的小女生,遇到这样的场面,都会显得镇定自若。她们通常用课本重重地一拍,身体微微一侧(瞄准窗户),再用指甲轻轻一弹,那些可爱的小蜜蜂尸体即刻就飞出了窗外。

学校的名字也在变。随着村名由唐巷改为永忠,学校也更名为永忠小学,随后就增设了永忠中学。"文化大革命"结束以后,学校和村庄都恢复了旧称。如今,由于适龄儿童人数骤减和辍学率的攀升,这所学校日渐凋敝,再后来,它终于把自己变没了。

那些老师们都是村里乡亲,虽没有正规公办老师的学识,倒也没有正规教师的脾气。成天嘻嘻哈哈,一团和气。有时候,我们一连十几天或一个月不上课,原因其实很简单,我们教师回家插秧去了,或者,干脆生小孩,坐月子去了。

有一个姓薛的老师,我们不知他的名字,只知道他的外号叫"薛驼子",大概有点驼背。薛老师上课时常赤着脚,裤管挽到膝盖上。因掉了两颗门牙,说起话来难免漏风。他的门牙据说是有一次在公社客串篮球裁判,被人撞落了。他上课所用的教材永远只是一本小人书(连环画),每次上课他就念这本小人书,有时念着念着就打个哈欠,对我们说:"困了,妈呀!实在是困了,你们玩会儿吧,我要睡了。"然后立即伏在讲台上打起呼噜来。老师一睡,我们就去抢过那本叫作《捕象记》的小人书,挤成了一堆来看。

但不久之后,学校来了一位"神仙"。

此人名叫解永复,体硕身长,仪表不凡,说一口标准的普通话,只是脸相有点凶。他从不体罚学生,因为他根本用不着。他成天神情肃穆,眉头紧锁,同学们见了他就害怕。可他一旦笑起来(这样的时候极少),我们就更害怕了。这个人的一切都是神秘的。我们都知道他是正规大学的毕业生,正欲鲲鹏展翅九万里,不料因言获罪,落入人间城郭。屡遭贬谪,最后被发配到我们这个荒凉的小村庄来了。他有些怀才不遇,因而自高自矜,不足为怪。我们不知道他从哪里来,犯了什么"罪",只晓得他一来,我们学校的其他教师几乎立即全都变成了杂役。他像是变戏法似的变出一门门课来。我们终于知道,这世上的课除了念小人书之外,尚有语文、算术、音乐、体育诸多名堂。不用说,所有这些课都由他一人承担。久而久之,我们的教室常常一分为二,或一分为三,他教过了一年级语文,再教我们二年级算术,教完了算术,三年级同学又在那里咿咿呀呀地唱起歌来了。

我们学校最值钱的家当，就要算那架不知从哪里弄来的破风琴了。解老师虽然用它来教音乐，但更多的时候是一个人在那儿自弹自唱。当然，他也教我们弹琴，教会一个，再教另一个。可差不多快轮到我的时候，那架风琴却突然发不出声了。我看见解老师用脚拼命地踩它的踏板，弄得满头大汗，风琴照例一声不响。从此之后，解老师的音乐课只能改教大合唱。那不是一般的大合唱，而是三部轮唱。我被分在第一声部。歌曲快要结束时，我们要连唱三遍"干革命"，才能等到二、三声部同学的"靠的是"追上来，最后，三个声部合而为一：干革命靠的是毛泽东思想。声震瓦屋，响遏行云。我们第一次知道歌还能这样唱，感觉太奇妙了。

我们都觉得他是魔法师，谁都不知道下一堂课，他会变出什么花样来。他什么都能教，甚至还教我们作诗和游泳。

有一次，他在课堂上问我们，会不会演讲。我们问他什么是演讲，他说，就是当着很多人说话。我们说，说话谁不会？就是不敢。于是他就训练我们演讲。终于有一天，我记得还在上小学二年级，我被解老师安排去全大队社员大会代表学校发言。我和大队书记并排坐在台上讲话时，我看见母亲一直在下面哭。回家后，我问母亲为什么哭，她先是不语，然后又流下泪来，她说："你竟然和大队书记坐在一块儿，天哪！还能当着上千人说话，要是换成我，早就吓死了。"我明白了，她是在为我骄傲。

又有一次，他上课时问我们，想不想看真正的火车？说实话，尽管我们都一致认为解老师深不可测，是个无所不能的神仙，可这一次我们全都觉得他是在吹牛。火车能随便让人看么？谁知第二天，他不知从哪里弄来了一辆手扶拖拉机，把我们拉到了几十公里外的一处铁道边。我们全都屏住呼吸，焦急地等待火车出现。等到天色将晚，火车还真的来了。我们几乎都不敢相信自己的眼睛，那家伙喘着气，冒着白烟，还拉了整整一车煤，尤其是汽笛那一声怪叫，当场让我们激动得直打哆嗦。回家后，我写下了记忆中的第一篇作文，题目叫作《终生难忘的一天》。

解老师不知为何一直对我特别照顾，我的父母亦为此深感不安。有一次，负责红小兵申请工作的一位上级领导来到学校，她认为我没有资格加入红小兵，理由是我的祖父"有历史问题"。我记得解老师对着那人皱了皱眉，大喝一声："扯淡！"吓得那领导一缩脖子，于是我就光荣地加入红小兵了。

大约每隔半个月左右，解老师都要将我叫到他的宿舍，郑重地交给我一封信，让我步行五华里，去公社的邮局投递。那么多同学，解老师独独挑我去给他寄信，这是多大的荣誉！班上同学无不羡慕、嫉妒。但问题跟着就来了。他如此频繁地给某人写信，究竟是为什么？信里又写了些什么？很快，这件事就引起了我们村民兵队长的警觉。

各种流言接踵而来。我们都意识到解老师要倒霉了。

一天早上，我们正在上课，忽听得教室外的操场上人声鼎沸。原来是有人给解老师贴了一张大字报，这张大字报所列数的我们解老师的罪状，如今大多记不得了，只有一条还历历在目：解老师在学生家中供饭，居然还"剩碗底"（碗里的饭没有吃干净），这是蓄意糟蹋公社社员的粮食。我们都为解老师捏着把汗，可解老师并不慌张，他立即返回宿舍，大笔一挥，自己也写了一张大字报，贴在原报的旁边，标题叫作"这是一张革命的大字报"，对恶毒攻击他的匿名者以德报怨，大加赞美，并把加在自己身上的一切的不实之词尽数承担下来。这样一来，解老师总算勉强逃过一劫。

他的大字报一贴出来，那个热闹就别提了。整整一天，来看大字报的人络绎不绝。这天傍晚，我打扫完教室之后，走到操场上，天就有些暗了。看见两个老人拄着拐杖，一边看，一边议论。其中一人叹道："都说永复毛笔字好，今天一见，果然名不虚传。好字，好字！"

小学毕业后，我与老师不见已有二十七年。

后来，我听说老师在大学学的是建筑专业。他当年因言获罪，似乎也只是说了一句"海参崴原是中国领土"。我又听说他每月两次的神秘信件不过是一次次徒劳地向有关部门申诉，以洗刷自己的不白之冤。依然是听说，不知真假。

一九八五年七月，我大学毕业后也做了教师。他那紧锁眉头的样子，已经模糊了，却也常在眼前闪现。我一直保留着小学三年级时他教我们写的一首诗，只有四句话，竟然没有标题。老师在我的方格本上批了一个大大的"优"字，并在每一个字下面都用红笔画了圈，以示褒扬，字迹漫漶，且已褪了色。有时，在夜深人静的晚上，我看着这个方格本，不免会想，老师如今在哪里？他又在做什么呢？

约在一九九二年前后，我突然收到一封信。我看见信封上"解永福"的落款，还有点不敢确定是他。拆开信一看，果然是老师娟秀的笔迹。老师已更名"永福"矣。

当时，他正致力于寺庙、古迹的修缮和保护，并因揭露寺院工程主管贪污腐败及种种黑幕即将与人对簿公堂。来信措词激烈，义愤填膺。而我除了同样的义愤和无用的宽慰之外，终于未能给他的诉讼以微末的帮助，他的官司，亦不知如何了结。

我的老师们

◎王安忆

　　这半辈子,虽未上过几日学堂,老师却很有几位在脑海中或深或浅的留下印象,不曾忘却。

　　入小学一年级,是一位姓徐的老师教导,当时觉得她颇高大,现在想来却是身材小巧的。对老师的尊重和敬仰似乎是无条件的,或许是上千年来"师道"无形的遗传,以致有别班的小朋友指出那老师外形上一项不足的时候,我气得几乎要昏过去,深觉受了伤害。我们自始至终不知道老师的名字,打听老师的名字便像是亵渎了,然而那名字又有一种奇怪的吸引力,像是很神圣的秘密。她对我们是至高无上的,即便是平常的一句话,在我们也成了不可违抗的圣旨。在她当着众人嘲笑我一个习惯性的不良动作时,我的伤心是不可言喻的。长大以后,我深知她一无恶意,可是当时,我对她却起了一种畏惧的心理,再不敢去亲近,不敢爱她了。每天早上,我们都在老师的带领下,排队站在街心花园里进行升旗仪式。庄严的国歌奏响了,国旗徐徐上升,忽然从人行道上飞跑来一个小女孩,扑在徐老师身上,大叫"妈妈",徐老师的脸一下子红起来,要笑又忍住了,别着头,看也不敢看孩子一眼。以后的日子里,随着我一次又一次地回想起这个情节,老师一次比一次显得年轻起来,于是,那对我不经意的伤害也逐渐变得可以原谅了。

升上二年级时，换了一位张老师。她的名字一上来就赫赫然地印在我们的作业本上。大概是因为我们长大了一点，老师的名字引不起更多的神秘感。现在回想，她是颇不漂亮的。然而，小学生对老师，就好比孩子对妈妈一样，从不会想到"漂亮"或"不漂亮"。老师就是老师，至多再有个名字，便完了。她是一个能干的老师。自从她来了我们班，我们班便在卫生、纪律、墙报等方面跃为先进，得来一些奖状。而且她是那么活泼，永远令我们感到亲切。不久，我们满九岁了，要建队了。选举中队干部时，我无限委屈地被这位老师武断地拉了下来，虽然，我得了满票，却要让位给一个只得了零票的女生。至今也不能彻底明白，那位女生为何如此不得人心。只记得她乖巧过人，颇得老师器重，抑或正因为如此而引起的逆反心理吧！当时群情激愤，事情很难收场，张老师只得把所有优秀的学生集中在一间小办公室里开会。这待遇不是每个人可以企望得到的，参加会议的同学自有一种荣誉感和责任心，认识到应以大局为重，与老师同心同德。事情过去了，可对老师的失望却永远不能消除地存在了心里。

在我们那个年纪，对老师的要求近乎是苛刻的，老师永远不是作为一个真实的人出现，而总是真理、公正、正义、觉悟的化身。我们的问题，永远期待着在老师那里得到解决和回答，如果得不到，便愤怒透顶。然而，事实上却常常得不到。因此，某一位老师扯了某一位队员的红领巾，某一位老师与某一位老师颇不严肃的调笑，某一位老师错怪了某一位学生，某一位老师春游时带了三个荷包蛋而不是两个，到了小学开展"文化大革命"时，全成了大字报上要命的内容。文理不甚通顺的大字报雪片似的向各位老师扑面而去。

从此，一个老师不像老师、学生不像学生的时代开始了。

事情果真是这么奇怪的从一个极端走向另一个极端。乱哄哄地进了中学以后，第一次见到老师，无冤无仇的，我便给了他一个下马威。那老师好好地来问我："叫什么名字？"我不但不回答，还朝他翻眼。至今也说不明白是什么东西在作祟。总之，从那一天起，我与老师间便开始了一场莫名其妙却又针锋相对的角斗。

一次开大会，因为没有呼口号，严格地说是没有扬起胳膊，老师便请来工宣队当众呵斥，骂出许多不堪入耳令人生疑的话，骂完之后扬长而去，不负任何责任。老师的表情甚是微妙，并无笑容，却掩不住得意，他知道自己是不能这样羞辱学生的，而工宣队能。我们则明白，是无法向工宣队要求澄清道歉的，只能找老师。当我们和这位老师面对面地坐下来的时候，才发觉彼此都是那么孤独无助。

后来，就到了林彪搞一级战备的日子里。我们正在乡下参加"三秋"，这会儿就决定不返上海继续在乡下坚持战备。当时，我在学校小分队里拉手风琴，我是不情愿在小分队的，因为我在班上有个极要好的同学，假如我们不能在一起生活，农村的日子对我们将是不堪忍受的。负责小分队的一位江老师居然答应我白天在小分队活动，晚上派人送我回班级所在的生产队睡觉。他从不曾爽约，即使实在派不出人，他也要自己亲自送我。到了战备的那一刻，大家想家的情绪便不可抑制地强烈起来，并且伴随着一种深深的绝望，那家像是再也回不去了，我总是哭了又哭。永远不会忘记，在这个绝望的时刻，江老师借口修理手风琴，让我回上海三天。我一个人提着沉重的手风琴,回到了家。家里只有老保姆带着年仅五岁的弟弟,爸爸、妈妈、姐姐和我的床全揭了起来,露出棕绳绑的床绷,一派凄凉。可是后方尚在,心里毕竟安稳了许多。三天之后,我如期回到乡下,下了长途汽车,我径直去了小分队。

我们和老师一起度过了"战备疏散"的三个月,他和我们一起步行十几里买大饼油条解馋,和我们一起用酱油拌粥下饭。有一次,我看见他在对着墙角擤鼻涕,居然也没觉到太多的失望。有时高兴起来,我们就直呼他的名字,他也很自然地答应。而另有一些时候,我们却极其庄重地唤作"江先生",尽管"师道"已经彻底粉碎。

三年中学,就这么吵吵嚷嚷、哭哭笑笑地过来了,迎接了"一片红"的插队落户。我的插队"喜报",就是这位江老师来贴的,我不在家,当时没碰上。之后,也没有机会再碰上过他,心里便越来越觉得他那次是来告别的。

与老师日益增长的接近中,老师越来越向我们显示出一个普通人的素质,于是便令人有了一种无可奈何的失望,然而,随着这失望,"老师"的形象却也日益真切起来。当我长到也应为人师表的年纪,方才感到,做个老师是极难极难的,而我们对老师的要求也不甚公正。老师亦是人,也有人之常情,对老师的尊重,首先是对人的尊重。或许把"师道"合并于"人道",事情倒会简单许多。

一次,参加虹口区三中心毛蓓蕾老师主持的"儿童团"入团式,宣誓的时候,毛老师站在一群年仅六岁的孩子中间,庄严地举起握拳的右手,鲜红的领巾映着她苍苍的白发,我的眼泪涌了上来。这庄严的一刻令我铭记终生。我终于明白,老师是一个平凡的人,亦是一个伟大的人。

叶老师

◎王璞

　　我不见叶老师已有十年了,但只在昨夜才梦见她。其时她身穿一套短衣短裤便装,碎花点的,如同那次我在她家准备考试时她的打扮。

　　奇怪之处在于:一梦见她便一发而不可收。我从梦中惊醒是午夜二时,在床上愣了十分钟左右,我一骨碌爬起来。最先涌到脑中的念头是给她打个电话,这时我才想到我不知道她的电话号码。不仅不知道她的电话号码,也不知道目前她身在何处,甚至不知道她是生是死。这最后一个念头令我打了一个寒战。我想到:最后一次见到叶老师她已头发斑白,我从没问起她的年龄,但那时她的养女已二十岁,读大学一年级。

　　我冲到装有我全部影集的储物柜前。目的是寻找一张我和叶老师的合影,我记得是有过的,那次我们相识在岳阳。七天的时间,我们朝夕相处,突然之间从陌生人变成了密友。

　　事情是这样发生的:我坐在会议报到处分给我的房间,看着另一个空床位正在发呆,叶老师走了进来。她是一位安静端庄的女子,走了进来她先把行装——放到合适的地方,然后就走到空着的一张床坐下(房间里没有沙发)。我们相处的位置是侧面对侧面,谁也看不到对方但强烈地感觉到了对方。

这时叶老师突然开腔了："我知道你。"她说。

原来她从我另一位朋友那里听说过我,又去看了我当时写的唯一一篇小说。

"你走到这一步真不容易。"这是她的第二句话。

我突然有了一种要哭的感觉。

遭到沉重打击时我从来不哭,挤都挤不出一滴眼泪,但只要听见一句同情的表示,看见一个同情的目光,我都会泪眼盈眶。那些日子里,打击重重,一些人因为我骤然从一名小工升到与他们平起平坐的地位而不能原谅我,我的拘谨小心被看成是傲慢,我的讷于言词被看成是冷漠,突然来了这样一位人物,是位大学教师,雍容高贵,举止优雅,说她知道我不容易。我于是半天说不出一句话来。

欲哭无泪的感觉保持了这么多年仍很清晰。我在想,是否因为这种感觉才令我在十年后骤然想起这位遗忘的朋友。

因为回想起来,欲哭无泪的感觉是我和叶老师相处那一年中的典型感觉。我处在一个断层上。工人阶级的老朋友不理解我了,知识分子的新朋友尚未接纳我,丈夫因为不能适应我们地位的这种变化成了陌路人,我得寻找一条出路。

在这个寻找的全过程中,叶老师是自始至终的同谋者。

我把什么都告诉她了,对母亲、对丈夫、对姐妹不能讲也不愿讲的一切都讲给她听。那一天她来时正碰上我抱着发病的孩子发愣,一眼看到她,一切都倾泻而出,不可收拾:眼泪、愁苦和哀诉。世事就是这样奇怪,了解我们全部秘密的人不是最亲近的人,人在极度恐惧和无奈中,需要的只是忏悔神父,他什么都收听,把手默默放在你麻木的头顶。

叶老师还比这更进一步,她给我指点一条出路,说:"考研究生去吧!"她又说,"要考就考得远远的。"

如今我看到大学生们考研究生考得那么大张旗鼓,趾高气扬,总觉奇怪:怎么我那时候从报考到等待通知都像是一场阴谋呢?叶老师和我,我们俩有某种共性,那就是不能活得理直气壮,自觉纤弱不堪一击,我们老是害怕遭人暗算,受到迫害,因此恨不得把一切都变成秘密。

星期天晚上我去她家练习俄文口语,窗帘总是拉严,在一盏八瓦的日光灯下,我们低声对话,那情景竟有某种宗教意味的神秘。湖南多雨的冬天风是凛冽的,厚窗帘在不严密的玻璃窗里抖动。我想到我的心。

真奇怪,像这样强烈地影响过我生活的一切竟然会轻而易举地忘掉,一忘就是十年。我找不出一张我与叶老师的合影,十年来走过了这么多的地方,搬过无数次家,许多东西都失落了。我坐在储物柜前,在半明半暗的灯光中,竭力回想叶老师的形象,这形象好模糊。

我突然想到不仅她的形象模糊,有关她的一切都是模模糊糊的。我虽是她的朋友,却对她一无所知,所知的一点点,也是道听途说所得,有待印证。

有一次我在她家遇见一个男人,高大英俊,见我来就微微点头,换过一个房间坐了或是出门了。叶老师对这一情况不置一词,保持沉默。她从未对自己的任何情况,过去和现在,说过半个字。那种微笑的沉默,滴水不漏,让人猜都无从猜起。

这么说失落叶老师的照片并非偶然。我们是否总是让那些含糊不明的事物从记忆之网中漏掉呢?叶老师,我跟她曾如此亲近,参加研究生考试的那三天,我都在她家度过。她自告奋勇,让我中午到她家吃饭、午睡,考场离她家近是一个理由,她是那时我唯一的朋友是更大的理由,我心安理得地吃着她专为我做的油炸鱼。此刻我竟清晰地看到了那碟黄澄澄的鱼,却看不清她的面目,她有意要掩饰的面目,执意要避开所有的人,包括好友的面目。

记得她曾对我说:"如果可能的话,我要抹去过去。"一个自己都要将自己抹去的人,谁能记得她? 或许,这可当作我这次遗忘的理由吧!

叶老师在我心中仿佛是个从天而降的人物,父母、丈夫、儿女,她似乎都没有,也从不提起。听我诉说家庭的分崩离析时,她的眼睛里有时闪动泪水。我依稀感到,这泪水不见得全是因我而来。她大概是遭受过大苦难的人,可是她执意要把一切封闭在心里,成为一个永无解答之望的谜。

一辆街车带着一道白色的闪光从窗前驶过了,我觉得心头一亮:是否我忘掉这份厚重的友谊也是一种封闭呢?

其实一切都存在心底,原封不动,一点一滴,只是主人存心要将出口封闭,为的是把过去某一段时间一笔勾销。不想看见也不要清理。

我想起那天她陪在桌旁看我享受那份油炸鱼,眼睛里满是怅然,她说:"我有一个预感,这次你会成功,你将离开这一切远远的,忘掉我,还有这个城市……"

她说的是"忘掉",而不是"忘记",这使得她的语气一转,依稀从陈述句变成了祈使句。那时我不理解这一微妙的转折,只是轻描淡写地、文不对题地回答:"哪里会呢!"

事实上是,她在当时已预见到了未来,她的未来,我的未来。我们实在是太相似的一对。无法理直气壮地活,不能睁大双眼面对,往事太沉重了。她意识到了有一天我会重复她的轨迹。

某次回长沙我曾想去寻找她,但后来又打消了此念。原因是什么已不清楚。好像是害怕见面时的那份尴尬吧?太相似的两个人,如何抹去时间在她们之间布下的隔膜?终于,连信也不通一封,地址遗失了,形象也遗失了。

梦中我像往日一样渡过两道河去她家,而她却一直就在我前面走着,身穿那套碎花点的家庭便装,头也不回。我觉得她将会一去不复返,并且永不原谅我这忘恩负义式的遗忘,便大叫:

"叶老师!等等我!"

但这叫声却始终憋在胸膛里,吐不出来,直到我惊醒发现那是一场梦。

敬　启

因为某些技术上的原因,致使本书的个别作者尚未能联络上。敬请见书后,即与责任编辑联系,以便我们及时奉上样书与薄酬,并敬请见谅。